KB113817

검선마도

조돈형 新무협 판타지 소설

FANTASTIC ORIENTAL HEROES

검선마도 8
조돈형 新무협 판타지 소설

초판 1쇄 찍은 날 § 2019년 8월 13일
초판 1쇄 펴낸 날 § 2019년 8월 20일

지은이 § 조돈형
펴낸이 § 서경석

총괄팀장 § 노종아
편집책임 § 김대용

펴낸곳 § 도서출판 청어람
등록번호 § 제387-1999-000006호
등록일자 § 1999. 5. 31
어람번호 § 제2-2803호

주소 § 경기도 부천시 부일로 483번길 40 서경B/D 3F (우) 14640
전화 § 032-656-4452 팩스 § 032-656-4453
http://www.chungeoram.com
E-mail § chungeorambook@daum.net

ISBN 979-11-04-92035-6 04810
ISBN 979-11-04-91930-5 (세트)

검선마도

조돈형 新무협 판타지 소설

FANTASTIC ORIENTAL HEROES

8

검선마도

제53장

불타는 화산(華山)

"어서 출발하시지요."

"너무 늦어지면 놈들에게 덜미를 잡힐 수가 있습니다."

"권토중래(捲土重來)하면 되는 것이니 너무 상심하지 마시게."

온갖 격려와 위로의 말을 들으면서도 화산파의 장문인 청산은 쉽게 발걸음을 떼지 못했다.

전대 장문인 도선이 천문동에서 목숨을 잃은 후, 장문 자리를 물려받은 청산은 자신의 대에서 설마하니 화산을 버리고 도망을 쳐야 하는 상황을 겪게 될 줄은 꿈에도 상상하지 못했다.

장문인을 비롯해서 다섯 명의 장로와 화산파의 정예들이 목숨을 잃으면서 화산의 정기가 크게 상한 것은 분명한 사실이다.

그러나 그 정도로 무너질 화산은 아니다.

산이 높으면 골이 깊은 법이라고 수백 년의 전통을 지닌 화산의 힘은 단순히 보여지는 것만이 전부는 아니었다.

하지만 상대해야 하는 적이 너무 강했다.

변방의 패자 환사도문은 화산파 단독은 물론이고 무당파와 당가의 지원을 받고서도 승리를 장담할 수 없을 정도로 강력한 힘을 자랑했다.

혜성처럼 등장한 다정독후의 맹활약 덕분에 일시적으로 우위를 차지하는가 싶었는데 사흘 전, 중독되어 사경을 헤매고 있다던 그들 모두가 건강한 모습으로 복귀를 하며 모두에게 충격을 안겼다.

더구나 그들을 치료해 준 사람이 독괴 추망우라는 사실이 알려지면서 상황은 급하게 돌아가기 시작했다.

천문동에서 벌어진 사건으로 그가 개천회에 속한 인물이라는 것이 온 세상에 알려진 터.

환사도문의 배후에 개천회가 있다는 것, 정체를 알 수 없는 무인들이 화산에 집결하고 있음이 확인이 되자 화산파를 돕기 위해 몰려든 군웅들이 크게 동요하기 시작했다. 심지어 무당파와 당가마저도 흔들렸다.

매일같이 머리를 맞대고 대책을 강구했지만 뾰족한 방법이 없었다.

화산파는 죽음으로서 적과 싸울 것이라 천명했지만 무당파와 당가는 생각이 달랐다.

힘의 열세가 확실한 상황에서 정면 대결은 무의미한 죽음에 불과하며, 나아가 풍전등화의 위기에 빠진 무림의 운명에 악영향을 끼칠 수도 있다고 판단한 것이다. 군웅들 또한 무당파와 당가의 의견에 힘을 보탰다.

본산을 버린다는 것은 결코 받아들일 수 없는 굴욕, 화산파는 단독으로라도 끝까지 싸울 것이라며 고집을 꺾지 않았다.

장렬한 죽음을 선택한 화산파를 설득하기 위해 모두가 나섰다.

결국 화산파는 지금 당장의 자존심보다는 무림의 미래와 대의를 지키기 위해서라도 명예로운 치욕을 감수해 달라는 군웅들과 무당파, 당가의 요청을 거절하지 못했다.

무엇보다 화산을 지키기 위해 달려온 수많은 이들이 허무하게 목숨을 잃을 수 있다는 생각 때문에 어쩔 수 없는 선택을 한 것이다.

청산이 피눈물을 흘리며 몸을 돌렸다.

산문으로 통하는 길은 이미 적의 시야 앞에 놓여 있을 터.

결사대라 할 수 있는 일부의 인원이 적들을 유인하기로 하고 나머지 인원은 낙안봉(落雁峰)을 넘어 곧바로 남하하는 것으로 결정했다.

낙안봉을 넘는 이유는 산세가 워낙 험하고 접근로 자체가 한정적인지라 적이 추격하기가 쉽지 않았고, 화산을 벗어나면 곧바로 거대한 산맥으로 이어져 무당파로 이동할 수 있다는 장점이 있기 때문이었다.

일행이 낙안봉 중턱까지 하산을 했을 때 어디선가 매캐한 냄새가 전해졌다.

그것이 무엇을 의미하는지 모두 알고 있었지만 굳이 입 밖으로 꺼내는 사람은 없었다.

몇몇 화산파의 제자들만이 눈시울을 붉히며 피가 나도록 입술을 깨물 뿐이었다.

"미치겠네."

불타는 도관들을 일일이 확인하는 풍월은 침이 바싹바싹 마르는 느낌이었다.

화산파에 불을 지른 자들은 이미 그의 손에 모조리 박살이 났다.

하지만 맹렬하게 치솟는 불은 어찌할 방법이 없었다.

혹여라도 불에 갇힌 사람이 있을까 확인을 하는 정도가 전부였는데 다행히 도관에 갇혀 있는 사람들은 아무도 없었다.

"화산을 버린 건가?"

풍월은 모든 도관이 비워져 있는 것을 확인하곤 믿을 수 없다는 표정을 지었다.

그가 아는 한 화산파의 제자들은 자신들의 명예와 자존심을 위해서라면 목숨 따위는 초개처럼 버릴 수 있는 사람들. 이런 식의 퇴각은 상상조차 할 수 없는 것이었다.

위쪽에서 화광이 충천했다.

산 전체의 도관을 불태울 요량으로 보였다.

"이것들이 미쳤나."

이를 부득 간 풍월이 곧바로 산을 올랐다.

소규모 도관들이 불타는 것을 보며 순식간에 거리를 좁힌 풍월이 횃불을 든 채 낄낄거리며 돌아다니는 적들을 발견했다.

풍월을 발견한 적들이 놀라며 우왕좌왕 하는 사이 풍월의 분노가, 화산의 한이 담긴 묵운이 섬전처럼 번뜩였다.

비명도 없었다. 단 일격에 일곱 명의 적들이 동시에 무너져 내렸다.

풍월은 혹여 다른 적들이 있나 세심하게 살핀 후, 연화봉으로 치달렸다.

한 걸음을 내딛을 때마다 삼, 사장을 움직이고 집채만 한 바위를 뛰어넘었다.

불안한 마음에 가슴이 미치도록 두근거렸다.

연화봉 인근에 도착했을 때 병장기가 부딪치는 소리가 들렸다.

누군가의 다급한 외침이 귓가를 파고들었다.

길을 따라 이동할 시간이 없었다.

그 목소리의 주인이 도진임을 확인했을때 풍월이 절벽으로 몸을 날렸다.

절벽을 거슬러 한참을 뛰어오른 몸이 힘을 잃고 주춤거릴 때 그의 발밑으로 암벽 틈에 뿌리를 박고 모진 풍파를 이겨내고 자라난 소나무가 슬며시 팔을 뻗었다.

"타핫!"

힘찬 기합성과 함께 소나무 가지를 발판 삼아 도약한 풍월의 신형이 엄청난 속도로 솟구쳤다.

도관의 풍경이 한눈에 들어왔다.

박살 난 도관의 문 바로 옆에 청연이 주저앉아 있었고 한 사내가 그런 청연을 향해 검을 휘두르고 있었다.

조금 떨어진 곳, 제자의 위험을 본 도진이 그를 가로막고 있는 중년인을 뚫고 움직이려 했으나 쉽지가 않았다.

청연의 위기를 확인하는 것과 동시에 손에 들린 묵운이 빛
살처럼 쏘아갔다.

절체절명의 순간, 죽음을 직감한 청연이 눈을 감았다. 하지
만 사내의 검이 청연의 몸에 닿기 직전 묵운이 그의 가슴을
꿰뚫었다.

펙!

가죽 터지는 소리와 함께 뜨거운 피가 청연의 얼굴을 적셨
다.

그것이 자신의 것이라 생각한 청연은 생각보다 고통스럽지
않게 죽을 수 있어 다행이란 생각을 했다.

하지만 찰나의 시간이 흐른 뒤에도 아무런 이상이 없자 슬
며시 눈을 떴다.

자신에게 검을 휘두르며 흉신악살처럼 웃던 사내의 몸이 힘
없이 고꾸라지고 있었다.

얼굴에 쏟아진 피가 그의 가슴에서 뿜어져 나온 피라는
것을 인식했을 때 사내의 어깨 너머로 누군가의 모습이 보였
다.

서슬 퍼런 칼을 빼 들고 달려오는 사내가 천마동부에서 죽
었다고 소문난 풍월임을 확인한 청연의 얼굴에 환한 웃음이
걸렸다.

"하하! 역시 죽지 않았어! 암, 누구의 사젠데."

긴장이 풀린 것인지 청연이 몸을 뉘이며 벽에 기댔다.

풍월은 힘없이 벽에 기대는 청연의 모습에 혹 부상을 당한 것은 아닌지 걱정하며 그에게 달려가려 하였다. 그러나 미소를 띠며 슬쩍 손을 흔드는 것을 보곤 방향을 도진 쪽으로 바꿨다.

"웬 놈이냐!"

팔짱을 낀 채 도진과 중년인의 싸움을 지켜보던 또 다른 중년인과 수하로 보이는 사내 넷이 풍월의 등장에 깜짝 놀라며 앞을 막아섰다.

풍월은 거침없이 묵뢰를 휘둘렀다.

풍뢰도법 두 번째 초식인 광풍뢰동.

묵뢰의 움직임을 따라 날카롭고 거친 바람과 함께 벽력음이 대기를 흔들었다.

"피해랏!"

수하들이 감당할 공격이 아니라고 판단한 중년인이 다급히 외치며 풍월을 향해 달려들었지만 늦고 말았다.

광풍뢰동으로 두 명의 적을 베어버린 풍월이 곧바로 이어지는 추뢰일섬으로 나머지 적들의 심장마저 박살을 내버렸다.

풍월을 향해 달려들던 중년인, 환사도문 만월당(滿月堂) 소속의 번삭은 그대로 몸이 굳어버렸다.

만월당은 환사도문의 여러 전투단에서 오랫동안 활동하다 은퇴할 나이가 된 고참들이 모이는 곳이다.

자체 내에서도 경쟁이 치열하고 거친 변방의 무림에서 환사도문을 지켜내는 과정에서 상당한 인원이 목숨을 잃는다. 그것을 감안했을 때 만월당에 속했다는 것은 그만큼 싸움에 경험이 많고 또 실력도 출중하다는 것을 의미했다.

만월당 내에서도 고참으로 통하는 번삭은 단 두 번의 칼질로 환사도문에서도 정예로 속하는 흑사풍(黑砂風) 대원 넷의 목숨을 날려 버리는 풍월의 실력을 한눈에 알아보았다.

'내가 감당할 수 있는 수준이 아니다.'

번삭의 시선이 자신도 모르게 도진과 드잡이질을 하고 있는 채단에게 향했다.

만월당 부당주 채단은 만월당 내에서 세 손가락 안에 꼽히는 고수였다.

일설에 의하면 그 실력이 몇몇 장로를 능가할 정도라고 했다.

하지만 그런 채단도 풍월에겐 어림도 없을 것 같았다.

'최소한 합공을 하지 않으면……'

생각은 이어지지 못했다.

도진이 상대에게 고전하고 있는 것을 알고 있던 풍월이 곧바로 번삭을 공격했기 때문이다.

번삭은 아예 대응할 생각을 하지 않고 주저 없이 몸을 날렸다.

등 쪽 어귀에서 전해지는 섬뜩한 기운과 고통에서 자신이 부상당했음을 느꼈지만 살필 겨를도 없었다.

지금은 최대한 빨리 도진을 없애고 채단과 함께 합공을 해야 했다.

다만 합공을 한다고 해도 이길 가능성이 얼마일지 가늠이 되지 않는 것이 문제라면 문제였다.

번삭의 칼이 도진에게 향하는 것을 본 풍월이 묵뢰를 날렸다.

풍뢰도법 제사초, 비도풍뢰.

바람을 가르고 폭풍처럼 날아간 묵뢰가 번삭의 숨통을 노렸다.

기겁한 번삭이 필사적으로 몸을 틀며 칼을 휘둘렀지만 풍월의 막강한 내력이 담긴 묵뢰는 번삭의 칼을 간단히 튕겨내고 그의 겨드랑이 밑을 가르며 지나갔다.

번삭이 고통으로 얼굴을 일그러뜨리며 뒷걸음질했다.

상대는 생각보다 훨씬 더 막강한 고수였다.

자신의 전력이 담긴 칼이 그토록 허무하게 튕겨 나갈 줄은 상상도 못했다.

만약 몸을 트는 반응이 조금만 더 늦었더라면 그대로 가슴을 꿰뚫렸을 것이다.

"부, 부당주. 피하는 것이……."

번삭의 말이 끊겼다.

뒤통수를 향해 맹렬히 접근하는 기운을 느낀 것이다. 방금 전, 그의 겨드랑이 밑을 가르고 지나간 묵뢰였다. 아예 대응할 생각도 없이 몸을 틀려는 찰나, 단전 어귀에서 끔찍한 고통이 느껴졌다.

"끄어어억!"

괴성을 지르며 몸을 꺾는 번삭, 그의 아랫배에 일격을 날린 풍월이 때마침 날아오는 묵뢰를 잡아 아예 숨통을 끊어버렸다.

번삭이 목숨을 잃는 순간, 도진과 채단의 싸움도 끝이 났다.

두 사람은 약속이라도 한 듯 무기를 거두고 뒤로 물러났다.

딱히 누가 승리를 하지는 않았다.

그저 풍월의 등장으로 인해 두 사람이 싸울 이유가 사라진 것이다.

"네… 가 천마동부에서 죽… 었다고 들었다."

도진이 다가오는 풍월을 향해 떨리는 음성으로 말했다.

"헛소문입니다. 고생은 좀 했지만요."

풍월이 장난스러운 얼굴로 어깨를 추켜올리자 도진이 환히
웃었다.

"그래, 그런 것 같구나."

"일단 불청객부터 처리하겠습니다."

풍월의 말에 살짝 고개를 끄덕인 도진이 청연을 향해 걸어
갔다.

상대가 만만치 않은 실력을 지니기는 했으나 풍월의 실력
을 알기에 일말의 걱정도 없었다.

"환사도문의 채단이다. 그대는 누군가?"

채단이 딱딱하게 굳은 얼굴로 물었다.

딱히 통성명을 하고 싶지는 않았으나 나름 정중한 태도에
간단히 대꾸를 해주었다.

"풍월."

풍월이란 이름에 채단이 고개를 갸웃거렸다.

비록 도복을 입고 있지는 않으나 도진과의 대화를 감안했
을 때 화산파와 연관이 있는 것은 분명했다. 하지만 들어본
적이 없는 이름이다.

'속가제자!'

풍월이 도명을 쓰지 않았다는 것을 의식한 채단은 풍월이
화산파의 속가제자라 확신했다.

"과연 화산이군. 속가제자가……."

채단은 몇 마디를 더 나누고 싶었는지 모르나 풍월은 애당초 대화 자체를 하고 싶은 마음이 없었다. 그대로 묵뢰를 휘둘러 채단의 입을 막아버렸다.

채단이 다급히 칼을 들어 묵뢰를 막았다.

"헛!"

채단의 입에서 경악 어린 탄식이 터져 나왔다. 대충 휘두르는 듯한 모습이었건만 묵뢰를 통해 전해지는 힘에 입이 쩍 벌어졌다.

순간적으로 뒷걸음질하는 채단을 향해 묵뢰가 재차 짓쳐들었다.

추뢰일섬이다.

눈앞에서 어떤 빛이 번뜩인다고 느껴지는 순간, 채단은 죽을힘을 다해 몸을 틀었다.

섬전으로 화한 묵뢰가 그의 어깨를 가르고 지나가며 살이 한 뭉텅이나 잘려 나갔지만 목숨은 건졌으니 나름 최선의 선택이라 할 수 있었다.

폭포처럼 치솟는 피를 지혈할 여유도 없이 풍월의 다음 공격을 대비하는 채단. 하얗게 질린 그의 얼굴에 지금 상황을 도저히 이해할 수 없다는 표정이 여실히 드러났다.

'어, 어째서 화산파의 제자가 검이 아니라 도를… 게다가 이렇게 빠른 쾌도라니!'

어쩌면 상대가 화산파의 제자가 아닐 수도 있다는 생각을 하는 찰나, 무시무시한 공격이 또다시 짓쳐들었다.

물러설 곳이 없었다.

채단이 전신의 모든 내력을 끌어 올려 칼을 휘둘렀다.

화려하지도 않았고 딱히 날카롭다는 느낌도 없었지만 풍월은 그의 도법에서 묵직한 힘을 느낄 수 있었다.

하지만 그뿐이다.

딱히 위협적이란 생각은 하지 않았다.

풍월의 의지에 따라 묵뢰가 부드럽게 움직였다.

퍄꽝!

강력한 충돌음, 충격파가 도관 주변을 휩쓸었다.

도진과 청연이 깜짝 놀라며 풍월을 걱정할 정도였으나 정작 공격을 당한 풍월은 표정 변화도 없었다.

채단의 공격은 묵뢰의 움직임에 의해 철저하게 막혔고 그에게 조금의 피해도 주지 못했다.

충돌을 한 순간 이미 자신의 공격이 무위로 돌아갔음을 느낀 채단이 다음 공격을 이어갔다.

퍄스스슷!

날카로운 파공성과 함께 지면을 가르며 접근한 도기가 풍월의 하체를 노렸다.

묵뢰가 곧바로 반응했다.

풍뢰도법 육초, 풍뢰포공.

채단의 공격을 막았던 구산팔해가 방어를 위한 초식이라면 풍뢰도법의 후초식 풍뢰포공은 구산팔해와는 전혀 성격이 달랐다.

충돌음도 조금 전과 비할 바가 아니었다.

온전히 공격을 당해줬을 때와는 비교도 되지 않을 정도의 작은 소음.

풍뢰포공에 실린 가공할 위력이 채단의 공격을 박살 내다 못해 아예 흡수를 해버린 것이다.

"크헉!"

외마디 비명과 함께 채단의 몸이 반대쪽으로 튕겨져 나갔다.

처참하게 바닥에 처박힌 채단의 몸은 몇 번 꿈틀거리는가 싶더니 이내 잠잠해졌다.

어느새 몸을 돌린 풍월이 도진과 청연을 향해 걸어갔다.

"더 강해진 것 같구나."

도진이 조금 전, 청연을 구하기 위해 던졌던 묵운을 건네주며 의미심장한 표정을 지었다.

"그래 보입니까? 뭐, 그 고생을 했는데 아무런 소득도 없었다면 억울하지요."

"혹, 기… 연이라도 있었던 것이냐?"

도진이 조심스레 물었다.

"뭐, 기연이라면 기연이지요."

풍월은 대수롭지 않게 반응했지만 도진과 청연은 그럴 수가 없었다.

풍월이 목숨을 잃었다는 곳이 어디던가. 천마가 잠들어 있다는 천마동부다.

생존자들의 증언으로 인해 천마의 무덤은 물론이고 그의 유품도 존재하지 않는다는 것이 확인되었다지만 그곳에서 죽은 것으로 알려진 풍월이, 무려 삼 년 만에 귀환하여 기연이라 말을 언급한 것이다.

"처, 천마의 유품이라도 얻은 건가?"

청연이 참지 못하고 물었다.

그제야 도진과 청연이 무엇을 생각하고 있는지 눈치챈 풍월의 얼굴이 장난스레 변했다.

"흐흐흐."

풍월이 장난스러운 웃음을 흘리며 두 사람을 바라보았다.

잔뜩 긴장한 도진과 청연은 굳은 얼굴로 풍월의 대답을 기다렸다.

그들의 진지한 표정에서 감히 장난을 칠 생각을 하지 못한 풍월이 힘차게 고개를 끄덕였다.

"유품뿐만 아니라 유해도 직접 수습했습니다."

"허!"

"세상에!"

풍월의 대답에 도진과 청연의 입에서 동시에 탄성이 터져 나왔다.

"저, 정말 천마의 유해를 봤단 말인가?"

청연이 입가를 타고 흐르는 침을 닦으며 물었다.

"예, 더 놀라운 것은 살아생전의 모습을 그대로 봤다는 거지요. 그 날카로운 눈빛하며 전신에서 뿜어 나오는 기운은⋯⋯."

풍월은 처음 천마를 만났던 순간을 떠올리며 가볍게 몸을 떨었다.

"어, 어찌 그게 가능하단 말이냐? 세월이 얼마인데."

도진이 이해가 가지 않는다는 얼굴로 물었다.

"하하! 그게 또 사연이 있지요. 그게 어떻게 된 거냐면요⋯⋯."

가벼운 웃음과 함께 입을 연 풍월은 자신이 천마동부에서 겪은 일을 가감 없이 빠르게 설명하기 시작했다.

도진과 청연은 승룡검파가 풍월을 죽이려 했다는 사실에 분개하고 당가가 그것을 방치했다는 것에 경악했다. 죽음을 뚫고 도화원에 도착했다는 대목에선 환호성을 내질렀고, 천마와의 만남에선 그야말로 숨도 쉬지 못했다.

"…천마동부에서 어떤 일이 벌어진 것인지 확인을 하고 빠져나왔습니다. 그리고 곧바로 이곳으로 온 것이지요. 얼마나 다행인지 모릅니다. 제가 조금만 늦었다면……."

풍월은 차마 다음 말을 잇지 못했다.

풍월의 마음을 짐작한 도진이 환한 웃음과 함께 그의 어깨를 가만히 두드렸다.

"한데 당 여협이, 아니, 그녀가 정말 그런 일을 저질렀단 말인가?"

청연이 다정독후라 불리며 화산을 위기에서 구해낸 당령의 악행을 도저히 믿지 못하겠다는 얼굴로 물었다.

"제가 눈으로 확인한 일입니다."

풍월이 자신도 모르게 목소리를 높였다.

당령의 악행을 확인하기 위해 그 지긋지긋한 수로를 두 번이나 통과하지 않았던가.

생각만으로도 짜증이 솟구쳤다.

"허! 인간의 욕심이란 참으로 끝이 없구나. 그까짓 무공이 뭐라고 어찌 혈육을 해할 수 있단 말인가!"

도진의 탄식에 청연 역시 무거운 표정으로 입을 다물었다. 하지만 풍월은 달랐다.

"그래서 욕심의 끝이 어딘지 제대로 보여주려고요."

차갑게 웃은 풍월이 주변을 휘휘 둘러보며 물었다.

"한데 어째서 두 분만 이곳에 남아 계신 겁니까? 화산파의 제자들 모두가 피신을 한 것 같은데요. 운파와 운공 이놈들은 또 어찌 된 겁니까?"

*   *   *

환사도문의 이목을 피해 낙안봉을 넘은 이들은 곧바로 남쪽으로 방향을 잡았다.

소수의 인원으로 적의 이목을 흐리려 했고 나름 성공한 것 같기는 하나 화산이 불타고 있다는 것은 이미 그들이 탈출 계획을 확인했다는 것을 의미했다.

추격을 감안해서라도 최대한 거리를 벌려야 했다.

낙안봉에서 남쪽으로 이어지는 산과 산맥은 거칠고 험했으며 무엇보다 넓었다.

게다가 일부의 군웅들과 화산파의 제자들은 비교적 산맥의 지리에 익숙했다.

산맥에 제대로 숨을 수만 있다면 적이 추격을 한다고 해도 크게 위험할 것 같지는 않았다.

하지만 추망우는 화산파를 돕기 위해 달려온 군웅들 사이에 심어둔 개천회 간자를 통해 그들의 탈출 계획을 속속들이 파악하고 있었다.

추망우는 화산에 숨어 있는 적을 치는 것보다 밖으로 빠져 나온 적들을 포위 섬멸 하는 것이 훨씬 편하다 판단하고 당장 공격을 주장하는 환사도문을 설득하여 완벽한 함정을 파고 기다렸다.

낙안봉 중턱에서 남쪽 산맥으로 이어지는 능선에서 조용히 매복한 채 기다린 지 두 시진. 마침내 먹잇감이 함정 속으로 걸어 들어왔다는 소식이 전해졌다.

"허허! 모든 것이 그대의 예측대로군."

기묘하게 자라난 소나무 아래, 추망우와 술잔을 기울이던 위천이 적의 출현을 알리는 소리에 너털웃음을 터뜨렸다.

"오늘 이후, 환사도문의 위명이 천하를 울릴 것입니다."

"듣기 싫은 소리는 아니군. 하나 그렇다고 하더라도 그 공이 오롯이 우리의 것이라 생각은 하지 않네. 특히 자네의 도움은 내 절대 잊지 않을 것이야."

"감사합니다."

추망우가 가볍게 허리를 숙였다.

목숨이 위태로웠던 위관과 몇몇 장로들의 목숨을 구한 대가로 추망우는 이미 막대한 보물을 선물로 얻었다.

하지만 그것으로 끝이 아니었다.

환사도문은 화산파를 치면서 얻게 될 전리품의 상당수를 개천회에 보장했고, 그와는 별도로 추망우에게도 따로 보상할 것이라 약속했다.

"아버님."

위백양이 위천을 불렀다. 마지막 잔을 입에 털어 넣은 위천이 천천히 일어나며 말했다.

"그래, 시작하여라."

쐐애액!

모골이 송연해질 정도의 파공성과 함께 섬전처럼 날아온 칼이 맨 후미를 걷던 사내의 가슴을 관통했다.

"크악!"

외마디 비명과 함께 사내의 몸이 힘없이 주저앉았다.

"적이다!"

적이라는 누군가의 외침에 빠르게 이동하던 일행의 움직임이 그대로 멈췄다.

"공격하라!"

위백양의 외침에 사방에서 은신을 하고 있던 환사도문의 무인들이 일제히 모습을 드러내며 함성을 질러댔다.

가장 앞서 돌진한 위관이 허공으로 치솟으며 맹렬히 칼을 휘둘렀다.

"으아악!"

위관의 공격을 뻔히 보면서도 제대로 반응하지 못한 화산파 제자 셋이 허무하게 목숨을 잃었다.

"어딜 쥐새끼처럼 빠져나가려고 하는 것이냐! 지금이라도 무기를 버리고 항복해라. 하면 목숨은 살려주겠다."

위관이 핏물이 줄줄 흐르는 칼을 치켜들며 소리쳤다.

무기를 버리고 목숨을 구걸하라는 위관의 말은 참을 수 없는 모욕이었다.

화산파의 제자들이 곧바로 반응을 보였다. 가장 먼저 움직인 것은 어린 사제들이 목숨을 잃는 것을 지켜본 운검이었다.

"닥쳐랏!"

운검의 분노가 한껏 담긴 검이 위관의 숨통을 노렸다.

하지만 그의 검이 도착하기도 전, 위관을 그림자처럼 따라다니며 호위하는 반월단의 단주 좌인의 칼이 앞을 막아섰다.

힘없이 튕겨져 나가는 검과, 차갑게 웃는 좌인을 보며 운검은 애써 분노를 가라앉혔다.

눈앞의 적이 냉정함을 찾지 않고는 결코 상대할 수 없는 고수라는 것을 느낀 것이다.

파스스슷!

공기를 가르며 날아드는 칼.

칼에 담긴 강맹한 위력을 한눈에 알아본 운검이 혼신의 힘을 다해 검을 움직일 때 심장을 노리며 짓쳐들던 칼이 급격하게 방향을 바꾸었다.

재빨리 몸을 빼고 검을 틀어막으려 하였으나 늦고 말았다.

좌인의 칼이 운검의 양쪽 허벅지를 가르고 지나갔다.

다행히 잘리지는 않았지만 허연 뼈가 드러날 정도로 큰 상처였다.

운검의 입에서 고통스러운 신음이 흘러나왔다.

비릿한 웃음을 지은 좌인이 재차 공격을 해왔지만 양쪽 다리에 당한 치명적인 상처로 인해 운검은 제대로 반응할 수가 없었다.

바로 그때, 좌인의 왼쪽 측면에서 뭔가가 은밀히 날아들었다.

눈으로 파악하기 힘들 정도로 작은 비침들.

좌인이 튕기듯 물러나며 칼을 풍차처럼 휘둘렀다.

대부분의 비침이 칼에 튕겨져 나갔지만 소수의 비침이 그의 방어막을 교묘하게 파고드는 데 성공했다.

생각보다 고통은 없었다. 그저 따끔한 정도였다.

뭔가 이상하다는 생각에 고개를 갸웃거리는 좌인의 귓가에 분노에 찬 위관의 목소리가 들려왔다.

"네, 네년은……"

위관의 음성을 따라 고개를 돌린 좌인, 비침을 던진 상대를 확인한 그의 얼굴이 참담하게 일그러졌다.

운검의 목숨을 구해낸 사람은 다름 아닌 환사도문 무인들에겐 공포의 대상인 다정독후 당령이었다.

"으아악!"

"커허흑!"

주변에서 대기하고 있던 수하들의 입에서 처절한 비명성이 동시 다발적으로 터져 나왔다. 방금 전, 자신이 쳐낸 비침과 당령이 재차 뿌린 비침에 격중 당한 이들이 내는 비명이었다.

비침에 묻어 있는 독에 중독된 이들이 사지를 비틀어대며 땅바닥을 뒹굴었다. 그러고는 칠공에서 피를 토하며 순식간에 목숨을 잃고 말았다.

"찢어 죽일 년! 당장 저년을… 컥!"

분노의 외침을 토해내던 좌인도 입에서 피를 토하며 급격히 무너져 내렸다.

"길을 뚫어라."

화산파를 돕기 위해 당가의 식솔들을 이끌고 달려온 장로 당만의 외침에 당가의 식솔들이 저마다 거친 함성을 토해내며 밀려들었다.

하지만 그들의 상대는 환사도문이 아니었다.

위관과 환사도문의 무인들은 자신들을 향해 당가의 힘이 집중되기 시작하자 곧바로 몸을 뺐다.

환사도문을 대신해 모습을 드러낸 사람은 바로 추망우였다.

"오랜만이군."

추망우가 당령을 보며 환히 웃었다.

제54장

낙안봉(落雁峰) 전투(戰鬪)

화산파를 탈출한 인원의 수는 대략 삼백 명 정도였다. 반면에 그들을 포위하고 있는 환사도문의 숫자는 사백에 육박했고, 거기에 은검단의 무인들까지 합치면 그 수가 오백을 훌쩍 넘었다.

누가 봐도 불리한 싸움. 하나, 싸움은 생각보다 치열해 어느 한쪽으로 기울어지지 않았다.

독괴 추망우를 홀로 상대하는 당령과 몇 배나 되는 적들에게 포위를 당하면서도 대등하게 싸우는 당가의 활약도 대단했지만 본산을 버리면서 사실상 배수의 진을 친 화산파 제자들의 기세는 누구보다 무서웠다.

곳곳에서 비명성이 난무하고 병장기 부딪치는 소리, 상대를 위협하는 함성과 욕설, 기합 소리가 가득 차며 낙안봉 남쪽 능성은 그야말로 아수라장으로 변해 버렸다.

"공격! 공격하라!"

끊임없이 이어지는 적들의 파상공세 속에서 엄청난 희생을 치르면서도 화산파 제자들의 기세는 좀처럼 꺾이지 않았다.

그러나 화산파에 비해 절박함이 부족했던 무당파의 제자들, 화산파를 위해 달려온 군웅들의 기세는 생각보다 많이 약해졌다.

이미 오랫동안 이어진 싸움에서 적지 않은 이들이 부상을 당했고 제대로 쉬지를 못해 피로가 많이 쌓인 상태인 데다가 갑자기 포위 공격을 당하게 되면서 정신적인 타격도 상당했다.

"크하하! 공격해랏! 모조리 죽여!"

조금씩 물러나는 무당파 제자들의 모습에서 확실하게 승기를 잡았다고 판단한 흑사풍 단주 조왕이 광소를 터뜨리며 수하들을 독려했다.

힐끗 고개를 돌려보니 화산파 제자들을 상대하는 적사풍은 꽤나 고전하고 있었다.

죽기를 각오하고 덤비는 화산파 제자들의 기세가 워낙 드세다 보니 승기를 잡는 것은 고사하고 오히려 밀리는 감이 있었다.

당황해하는 모습이 역력한 적사풍 단주 철양의 모습에 십년 묵은 체증이 내려가는 것 같았다.

"조금만 더 힘을 내라! 이제 몇 놈 남지 않았다. 죽여라!"

다섯 자루의 칼을 자유자재로 휘두르며 날뛰는 조왕의 눈빛은 살기로 번들거렸다.

'힘들겠군.'

급격히 위축되는 제자들과 군웅들의 상태를 살피는 무당파 장로 진광의 표정이 어두워졌다.

'탈출도 쉽지는 않을 것 같고.'

주변을 살펴보았지만 탈출로라 할 수 있는 곳은 이미 환사도문의 무인들이 단단히 지키고 있었다. 그나마 당가의 식솔들이 낙안봉에서 화산으로 이어지는 퇴로를 확보하고 있는 것이 얼마나 다행인지 몰랐다.

'전멸이냐, 퇴각이냐?'

고민하지 않을 수 없었다.

분위기상 이대로 시간이 가면 전멸을 당하는 것은 불문가지였으나 화산파 제자들이 어떤 심정으로 떠나온 것인지를 알기에 다시 화산으로 퇴각을 하자는 말을 꺼내기도 쉽지 않았다.

"결국 이렇게 되고 마는군."

차마 퇴각하자는 말을 꺼낼 수 없었던 진광은 끝까지 항전할 것을 결심했다.

다만 승산 없는 싸움에 휘말려 허무하게 목숨을 잃어야 하는 제자들의 모습이 눈에 밟혔다.

진광이 끝까지 항전하리라 결정을 내렸을 때, 화산파를 돕기 위해 불원천리 달려온 군자검(君子劍) 이영이 진광 곁으로 달려왔다.

눈처럼 하얀 백발은 피로 물들어 적발로 변해 있었다.

머리부터 발끝까지 성한 곳이 없어 보였는데 크고 작은 상처에서 흘러나오는 피가 그를 말 그대로 혈인으로 만들어 버렸다.

의와 협으로 똘똘 뭉친 노검객의 처참한 모습에서 진광은 자신도 모르게 눈시울을 붉혔다.

"괜찮으십니까?"

진광이 이영의 상처를 살피며 물었다.

"걱정하지 마시오. 대수롭지 않은 상처요. 한데 문제는 그게 아니오."

이영이 주변을 살피며 어두운 표정으로 말했다.

"아무래도 힘들 것 같소. 지금이라도 퇴각을 하는 것이 어떻겠소?"

"퇴각… 이라면……."

"아무래도 놈들의 함정에 빠진 것 같소. 이대로라면 전멸을 면키 힘들 터. 지금이라도 물러나 남은 이들을 살리는 것이 최선일 듯싶소. 당가가 퇴로를 확보하고 있는 지금이 마지막 기회요. 저들마저 무너지면 퇴각할 방법도 없소."

"그렇겠지요. 하지만……."

진광은 쉽게 대답할 수가 없었다.

본산을 버린 화산파 제자들에게 다시 돌아가자는 말을 차마 할 수가 없었던 것이다.

진광이 머뭇거리는 이유를 짐작한 이영이 무겁게 고개를 끄덕였다.

"장문인께는 이 늙은이가 말을 해보겠소. 장로께선 이 늙은이의 말에 힘을 좀 보태주시구려."

"부끄럽습니다."

진광이 낯빛을 붉히며 고개를 숙였다.

"지금 무슨 말씀을 하시는 겁니까? 퇴각이라니요!"

화산파의 장문 청산이 노한 눈빛으로 소리쳤다.

그동안 어찌나 처절하게 싸웠는지 전신에서 귀기(鬼氣)마저 느껴질 정도였다.

"제대로 함정에 빠졌소. 더 이상은 버티기 힘드오."

이영이 조금씩 밀리고 있는 당가의 식솔들을 걱정스레 바라보며 말을 이었다.

"자칫하다간 퇴로마저도 끊길 것이오."

"퇴각한다면 어디로 간단 말입니까? 설마 본산으로 돌아가자는 말씀입니까?"

청산이 처참한 음성으로 되물었다.

이영과 진광이 힘없이 고개를 끄덕였다.

"못 합니다. 절대 그리는 못 합니다. 차라리 이곳에서 죽겠습니다."

청산이 피를 토하듯 외쳤다.

그가 어떤 심정으로 본산을 버리고 왔는지 알기에 진광은 아무런 말도 하지 못했다.

하지만 이영은 달랐다.

"설마하니 장문인은 이곳에서 화산의 명맥이 끊겨도 상관없다는 생각인 거요?"

"비겁함은 한 번이면 족합니다. 본산을 떠나올 때 그 정도는 각오하고 있었습니다."

이영은 멸문을 각오했다는 청산의 말에 어처구니가 없다는 표정을 지었다.

"좋소. 장문인의 생각은 그렇다 칩시다. 하면 저들의 목숨은 어찌 생각하시오? 장문인의 고집으로 허무하게 목숨을 잃어야 하는 제자들은 어찌해야 하느냔 말이오?"

"저는 제자들을 믿습니다. 화산의 제자라면 그 누구도 비겁하게 삶을 이어가려 하지 않을 것입니다."

청산의 태도는 단호했다.

"이런 답답한! 어째서 훗날을 도모할 생각을 하지 않는 것이오?"

이영이 답답함을 참지 못하고 버럭 소리를 질렀다.

그의 외침이 어찌나 컸던지 전장을 쩌렁쩌렁 울렸다.

이영의 음성을 들은 위관이 배를 잡고 웃었다.

"크하하하하! 늙은이가 미쳤군. 훗날을 도모해? 그게 가능하다고 보는 거냐? 지나가는 개가 웃겠다. 크하하하!"

바로 그때였다.

낙안봉 서쪽 능선, 절벽으로 이어진 곳에서 느닷없이 모습을 드러낸 풍월이 묵운을 던지며 소리쳤다.

"내가 웃는다, 새끼야!"

풍월의 손을 떠난 묵운이 위관을 향해 짓쳐들었다.

위관이 미처 반응을 하지 못하자 그를 호위하고 있던 반월단의 대원들이 일제히 몸을 날렸다.

퍽! 퍽! 퍽! 퍽!

묵운은 무려 네 명의 가슴을 관통한 뒤 다섯 번째 사내의 가슴에 박혀 그 움직임을 멈췄다. 마지막 사내는 자신의 가슴에 박힌 묵운을 움켜쥔 채 고꾸라졌다.

풍월은 위관을 위해 자신의 목숨을 스스럼없이 던지는 호위들을 보며 감탄을 하는 한편 그 대상이 하필이면 위관처럼 한심한 놈이라는 것에 연민을 보냈다.

허공으로 치솟았던 풍월의 신형이 지면에 내려서는 것과 동시에 위관을 향해 쏘아갔다.

싸움을 함에 있어 우선적으로 우두머리를 치는 것은 상식 중의 상식이다.

풍월은 자신이 보기엔 한심하기 짝이 없는 놈이지만 수하들이 저렇듯 목숨을 버려가며 지키려는 것을 보면 위관이 환사도문에서 꽤나 중요한 위치라 확신했다.

풍월이 위관에게 달려오자 반월단의 대원들이 즉시 앞을 막아섰다.

하지만 당령의 비침에 열 명 가까이 목숨을 잃었고 다시 풍월에게 다섯 명이 목숨을 잃은지라 그 수가 많지 않았다. 설사 많았다고 해도 큰 문제는 없을 터였다.

반월단원들이 풍월의 앞을 막아섰지만 위관에게 향하는 그의 발걸음을 막기는커녕 늦추지도 못했다.

묵뢰를 휘두르는 것만으로 그를 위협하는 모든 무기들이 사라졌다.

"으아아아!"

위관이 비명을 지르며 뒷걸음질했다.

그 모습을 본 적사풍 단주 철양이 기겁하여 소리쳤다.

"오조와 육조는 당장 소문주님을 지켜랏!"

철양의 명이 떨어지자 화산파 제자들과 치열하게 싸움을 하는 동료들과는 달리 조금 떨어진 곳에서 포위망을 구축한 채 전력에 공백이 생기면 곧바로 인원을 충원하는 역할을 하고 있던 이들이 즉시 움직였다.

오조와 육조 인원을 합하여 도합 사십.

풍월은 자신의 앞을 막아서는 적들을 보며 가볍게 심호흡을 했다.

천마대공을 운기하자 단전 한쪽에서 조용히 잠들어 있던 힘이 일어나 그때까지 단전을 차지하고 있던 묵천심공의 기운을 흡수하며 급격히 힘을 키웠다.

폭발적으로 늘어난 내력이 단전에서 기경팔맥으로 퍼져 나가고 전신에 주체할 수 없을 정도로 힘이 넘쳤다.

허공섭물로 회수한 묵운을 등에 메고 묵뢰를 오른쪽 어깨에 걸친 풍월이 힘차게 한 걸음 내디뎠다.

쿠웅!

낙안봉 능선에 묵직한 진동이 퍼져 나갔다.

다시 한 걸음.

쿵!

풍월의 전신에서 뿜어진 기운에 대기가 흩어지고 지축이

흔들렸다.

풍월을 향해 달려오던 적사풍 단원들이 일제히 걸음을 멈췄다.

단순히 진동 때문은 아니다. 그들 역시 자신들이 어째서 걸음을 멈춘 것인지 이해를 하지 못하는 표정이었다.

또다시 한 걸음.

쿠웅!

풍월의 전신에서 뿜어져 나간 기운이 적사풍 단원들을 후려쳤다.

풍월의 기세에 짓눌린 이들이 일제히 물러났다.

지금껏 겪어보지 못한 무시무시한 기운에 적사풍 단원들의 얼굴이 창백하게 변했다.

도저히 감당할 수 없는 막강한 기세.

그들은 의식하지 못하고 있었지만 풍월이 내뿜고 있는 기세엔 극마지경을 아득히 뛰어넘은 천마의 숨결이 숨겨져 있었다.

천하의 모든 마공과 사공을 압도하고 짓눌렀던 천마의 기운은 역설적으로 모든 마공과 사공의 상극이나 다름없었다.

"이, 이 병신들아! 뭣들 하는 거야! 당장 공격해!"

자신을 보호해야 할 적사풍 단원들이 풍월이 내딛는 걸음을 따라 무의식적으로 물러서자 위관이 악을 쓰며 소리쳤다.

그제야 정신을 차린 적사풍 단원들이 풍월이 뿜어내는 기세에 대항을 해보았으나 이미 완벽하게 압도당한 상황인지라 별 의미는 없었다.

대다수 단원들의 코와 입에서 피가 흘러내렸다. 내력이 약한 몇몇 단원은 정신을 잃고 쓰러지기까지 했다.

"병신들! 죽어랏!"

자신의 앞을 지키고 있던 수하들이 더 이상 자신을 보호하지 못한다는 것을 깨달은 위관이 악에 받친 표정으로 칼을 휘둘렀다.

위관이 앞으로 뛰쳐나가자 적사풍 단원 몇이 고통으로 일그러진 표정으로 그 뒤를 따랐다.

풍월이 자신의 기세에 주눅들지 않고 달려드는 위관을 보며 피식 웃었다.

"그래도 아주 병신은 아니었군. 천마군림보의 힘을 이겨내다……"

말을 하던 풍월의 표정이 딱딱하게 굳었다.

풍월의 시선이 위관과 그의 주변을 휘돌고 있는 다섯 자루의 칼에 고정됐다.

결코 잊을 수 없는 광경이다.

"육도… 마존?"

풍월은 위관의 모습에서 자신에게 첫 패배를 안긴 위지허의 얼굴을 떠올렸다.

숙련도나 위력을 따지자면야 태양과 반딧불을 비교하는 것과 같았으나 두 사람이 사용하는 무공이 동일하다는 것은 확실했다.

'환사도문이 천마성에서 갈라져 나왔다더니만 육도마존의 후예였군. 하지만 육도마존이 남긴 진정한 무공은 개천회와 그 영감이 꿀꺽했지.'

풍월은 일찌감치 천문동에 발을 들여놓은 개천회가 육도마존의 무공을 얻었음을 확신하며 묵뢰를 휘둘렀다.

따따따땅!

연속적인 금속음이 들리며 풍월을 위협하던 칼들이 허무하게 떨어졌다.

위관이 직접 들고 있던 칼도 예외는 아니었다.

"크윽!"

위관은 단순히 손아귀가 찢어지는 듯한 통증이 아닌 전신을 강타하는 힘을 감당하지 못해 칼을 놓치고 말았다.

풍월은 온몸을 덜덜 떨며 비틀거리는 위관과 그를 도와 자신을 공격했던 적사풍 단원 몇이 피를 토하며 쓰러지는 것을 보곤 천마탄강의 위력을 새삼 깨달을 수가 있었다.

'천마탄강은 상대의 힘을 역으로 이용하여 타격을 주는 것. 상

대의 힘이 강하면 강할수록 되돌려 주는 힘 또한 강력하다.'

풍월은 천마탄강의 원리가 적혀 있던 무공 비급의 글귀를
떠올리며 위관을 향해 걸어갔다.

천마군림보의 압력에서 벗어난 적들이 사방에서 달려들
었지만 위관의 목덜미를 낚아채는 풍월의 움직임이 훨씬 빨
랐다.

뒤쪽에서 찔러오는 검을 향해 슬그머니 위관을 들이대자
그 이후엔 감히 공격을 해오는 적이 없었다.

"내, 내가 누군지 아느냐? 당장 놔라!"

혈이 제압당한 위관이 풍월에게 이리저리 휘둘리며 악을
썼다.

"입 좀 다물지?"

풍월이 차갑게 경고했다.

"닥쳐랏! 지금 당장 풀지 않으면 네놈을 찢어……."

거칠게 소리치던 위관은 풍월이 자신의 왼팔을 낚아채자
자신도 모르게 입을 다물었다.

"네가 자초했다."

풍월이 위관의 왼팔을 잡아 그대로 돌려 버렸다.

"끄아아악!"

어깨 뼈가 부러지는 고통을 참지 못한 위관의 입에서 처절

한 비명이 터져 나왔다. 어쩌나 우렁차고 처절한지 주변의 모든 이목이 집중될 정도였다.

"멈춰랏!"

풍월이 천마군림보를 펼쳐 적사풍 단원들을 무력화시킬 때부터 심상치 않은 고수가 출현했음을 느끼고 있다가 아들이 포로가 된 것을 확인한 위백양이 즉시 달려왔다.

방금 전까지 화산파에서 가장 강하다 할 수 있는 숭무관주 도장에게 치명상을 안기고 그를 구하기 위해 달려온 도광과 치열한 접전을 펼쳐서 그런지 지친 표정이 역력했다.

"멍청한 녀석!"

위백양이 풍월의 손에 잡혀 울부짖고 있는 위관을 보며 역정을 냈다.

싸움을 하다 보면 예상보다 강한 상대를 만나 목숨을 잃을 수도 있고 큰 부상을 당할 수도 있으며 포로로 잡히는 치욕을 겪을 수도 있다. 그리고 그 어떤 상황에서도 당당하라 가르쳤다.

한데 고작 팔 하나 부러졌다고 울고 짜는 위관의 꼴은 차마 눈을 뜨고 볼 수가 없는 것이니 수하들 보기에 면목도 없고 민망하기 짝이 없었다.

"아, 아버지!"

위백양을 발견한 위관이 눈물을 흘리며 그를 불렀지만 위백양은 대꾸조차 하지 않았다.

　냉정하게 아들의 모습을 외면한 위백양이 풍월을 노려보며
물었다.

　"너는 누구냐?"

　"……."

　풍월이 아무런 대답도 하지 않자 위백양의 눈동자에서 살
기가 뿜어져 나왔다. 풍월이 의도적으로 자신을 모욕한다고
느낀 것이다.

　하지만 풍월은 그럴 생각이 전혀 없었다. 위관이 위백양을
아버지라 부르는 순간부터 잠시 딴 생각을 한 것뿐이었다.

　"당신이 환사도문의 문주요?"

　풍월이 툭 던지듯 질문했다.

　"그렇다."

　위백양이 이를 갈며 대답했다.

　"그럼 네가 소문주라는 말이네."

　풍월이 의미심장한 표정을 지으며 위관의 부러진 어깨를
툭 쳤다.

　"끄아아악!"

　위관의 입에서 비명이 터져 나오고 참을성이라곤 눈곱만큼
도 없는 아들의 비루한 모습에 결국 위백양의 분노가 폭발했
다.

"뭣들 하느냐! 모조리 죽여라!"

위백양의 명이 떨어지기가 무섭게 잠시 공격을 멈추고 추이를 지켜보던 철양이 즉시 신호를 보냈다.

철양의 신호에 그렇잖아도 한심한 소문주의 작태와 그런 소문주를 지키려다 허무하게 목숨을 잃은 동료들의 모습을 지켜보며 분루를 삼키고 있던 적사풍 단원들이 노도와 같은 기세로 화산파를 공격했다.

이전의 싸움도 치열했지만 잠시 멈췄다가 재개된 싸움은 더욱 치열했다.

날카로운 병장기 소리, 거친 함성과 날카로운 기합성, 처절한 비명이 낙안봉 능선을 완전히 뒤덮었다.

풍월은 아들의 안위는 전혀 신경 쓰지 않고 칼을 치켜드는 위백양의 모습에 쓴웃음을 짓고는 위관을 한쪽 구석에 처박아 버린 후 묵뢰를 곧추세웠다.

위관에게 힐끗 시선을 던진 위백양이 비릿한 미소를 지으며 말했다.

"인질을 내세우지 않는 네 당당함은 칭찬을 해주지. 하지만 실수한 것이다."

말과 함께 그의 등 뒤로 호위하듯 다섯 자루의 칼이 모습을 드러내자 위백양이 그중 한 자루를 왼손으로 낚아챘다.

두 자루의 칼을 양손에 쥐고 네 자루의 칼이 부챗살 모양으로 펴져 호위하는 모습은 누가 보더라도 위압감을 느낄 만했다.

하지만 풍월은 아니었다.

위백양의 전신에서 느껴지는 기운은 물론 대단했다.

무림에 나와 만나본 고수 중 손에 꼽힐 만한 실력자임은 분명했다.

다만 비교 대상이 위지허라는 것이 문제였다.

이미 육도마존의 무공을 이어받은 위지허와 생사의 대결을 펼친 경험이 있는 풍월에게 위백양의 기세는 조금의 위협도 되지 않았다.

"육도마존의 무공, 맞소?"

풍월의 물음에 막 공격을 펼치려던 위백양이 흠칫 놀라며 물었다.

"네놈이 그걸 어떻게 아느냐?"

"어찌 아는 것 같소?"

풍월이 되묻자 위백양이 얼굴을 일그러뜨렸다.

"네놈과 말장난 따위를 하고 싶지 않다."

"그렇다면야."

피식 웃은 풍월이 등에 멘 묵운을 꺼내어 왼손에 들고 묵뢰를 까닥거리며 위백양을 도발했다.

위백양은 참지 않았다.

힘찬 기합성과 함께 단숨에 거리를 좁힌 위백양이 양손에 들린 칼을 휘둘렀다.

그 움직임과는 별개로 허공을 가른 네 자루의 칼이 사방에서 풍월의 목숨을 노리며 짓쳐들었다.

화려함 속에 날카로움과 강맹한 힘을 지니고 있는, 전후, 좌우를 가리지 않고 밀려드는 공격에 당황할 만도 하건만 뇌운보의 보로를 밟아가며 천천히 묵뢰를 움직이고 있는 풍월은 느긋하기만 했다.

'어째서?'

승부를 포기하는 듯한 풍월의 태도에 위백양의 눈에 의혹이 일었다.

방금 전, 수하들을 유린하던 풍월의 실력은 분명 진짜였기에 자신의 승리를 확신하면서도 일말의 의구심을 가질 수밖에 없었다.

의혹은 오래가지 않았다.

느긋하던 몸놀림은 날카롭게 쏟아지는 공격의 대부분을 간단히 흘려 버렸다. 그리고 느릿느릿 움직이던 묵운과 묵뢰 역시 벽력처럼 내리꽂히는 위백양의 공격을 완벽하게 받아냈기 때문이다.

자신의 공격이 너무도 무기력하게 막히자 위백양은 크게 당황했다.

도저히 믿을 수 없다는 표정을 지으며 전력을 다해 몇 번이나 공격을 퍼부었다.

그때마다 풍월은 완벽하게 그의 공격을 막아낼 뿐만 아니라 천마탄강을 이용해 자신이 받은 공격을 위백양에게 고스란히 돌려줬다.

처음과는 달리 누가 보더라도 풍월의 일방적인 우세였다.

사실 위백양의 실력을 감안했을 때 이 정도까지 일방적인 승부는 있을 수 없는 일이다. 다만 위지허와의 대결을 통해 육도마존이 남긴 무공의 정수를 제대로 맛본 풍월이 위백양이 지금 펼치는 무공을 완전히 꿰뚫어 보고 있기에 가능한 일이었다.

몇 번의 공격이 허무하게 실패한 후, 비로소 뭔가를 느낀 위백양이 거친 호흡을 내뱉으며 물었다.

"네놈, 혹시 육도마존 조사님의 무공을 상대해 본 적이 있는 것이냐?"

"있소. 그것도 곁가지가 아니라 제대로 전해진."

"역시 그랬군."

위백양의 입에서 허탈한 웃음이 흘러나왔다.

그것으로서 싸움을 사실상 끝이 났다. 하지만 사방에서 치열한 싸움이 벌어지고 있는 상황에 적의 우두머리를 확실하게 제압할 필요가 있었다.

풍월이 움직이자 그때까지 위백양의 체면 때문에 움직이지 못하고 있던 환사도문의 제자들이 곧바로 풍월을 향해 달려들었다.

미간을 찌푸린 풍월이 그들을 향해 묵뢰를 뻗었다.

우우웅!

웅장한 도명과 함께 뿜어진 강기가 적들을 향해 날아갔다.

쾅!

적들의 앞에서 폭발한 강기가 사방 십여 장을 휩쓸고 지나갔다.

천마무적도 제삼초식 천마섬이다.

천마대공의 막강한 내력을 칼끝에 응축시켜 날린 후, 폭발시키는 것으로 다수의 적을 한 번에 쓸어버리는 데 무척이나 유용한 공격이었다.

효과는 확실했다.

부채꼴 모양으로 퍼진 강기의 파편에 무려 이십에 가까운 인원이 치명적인 부상을 당했다. 그리고 그중 절반은 비명도 지르지 못한 채 절명하고 말았다.

단 한 번의 공격에 풍월에게 달려들던 모든 적들이 걸음을 멈췄다.

풍월이 그들을 향해 도약했다.

기왕 시작한 이상 끝장을 볼 생각이었다.

허공으로 치솟은 풍월이 묵뢰를 그대로 내리꽂았다.

수십, 수백 가닥으로 쪼개진 강기가 비처럼 내렸다.

천마무적도 제이초식 천마우(天魔雨).

꽈꽈꽈꽝!

폭음 소리와 함께 이곳저곳에서 비명 소리가 터져 나왔다.

천마우에 당한 이들의 머리가 으깨지고 팔다리가 그대로 잘려 나갔다.

강기에 직격당한 땅이 움푹움푹 파였다.

하지만 생각보다 큰 피해를 입히지는 못했다.

위백양과 환사도문의 장로들이 필사적으로 수하들을 보호했기 때문이다.

단순히 방어만 한 것도 아니었다.

위백양을 호위하는 임무를 맡고 있던 만월당 당주 여군과 나이는 가장 어리나 차기 당주로 내정된 장소가 풍월의 좌우에서 달려들었다.

묵운이 먼저 날아온 여군의 칼을 부드럽게 밀어내고, 장소의 공격은 묵뢰가 박살을 냈다.

장소에게 사용한 초식은 천마무적도 제사초식 천마염(天魔炎).

입을 쩍 벌린 채 쓰러지는 장소의 가슴엔 주먹만 한 구멍이
뚫려 있었는데 상처 부위가 마치 불에 탄 듯 검게 뭉개져 있
었다.

"씨팔!"

아끼던 장소의 죽음을 목도한 여군의 입에서 욕설이 터져
나왔다.

풍월의 공격이 너무도 빠르고 강력해서 도와줄 시간도 없
었다. 아니, 애당초 도와주려 한다고 해도 가능할 것 같지가
않았다.

"막앗! 놈을 막아랏!"

여군이 동료들의 죽음에 움츠리고 있는 자들을 향해 미친
듯이 소리쳤다.

하지만 막을 수 있는 상대가 아니었다.

천마대공을 극성으로 운기하며 작심하고 칼을 휘두르는 풍
월의 신위는 고금제일인 천마의 현신이나 다름없었다. 물론
한 줌의 재로 화한 천마가 어이가 없어 벌떡 일어날 정도로
위력에선 차이가 있었지만.

천마무적도 오초식 천마탄과 육초식 천마환을 연속적으로
펼친 풍월이 잠시 움직임을 멈추고 아비규환으로 변한 주변을
둘러보았다.

풍월을 막기 위해 온몸을 던진 장로 다섯 중 둘은 시신도

제대로 남기지 못한 채 절명했고 셋은 치명적인 부상을 당한 채 쓰러졌다. 이미 풍월과의 일전을 통해 크게 내상을 당한 위백양의 상태 역시 심각했다.

장로들을 도와 풍월을 공격한 열다섯의 만월당 고수들 중 열넷이 목숨을 잃었고 여군만이 무릎을 꿇은 채 피를 토하고 있었다.

그리고 만월당 인원 모두를 합친 것보다 더 많은 수의 인원 이 목숨을 잃고 쓰러졌다.

풍월의 등장과 더불어 그의 압도적인 실력에 경악을 금치 못한 채 지켜보던 진광과 이영의 명을 받은 이들이 혼절한 위 백양을 재빨리 사로잡았다.

자신을 향해 덤벼든 적들을 완벽하게 무력화시키고 위백양 마저 포로가 되는 것을 확인한 풍월이 화산파의 주 전장이라 할 수 있는 좌측 숲을 향해 고개를 돌렸다.

어느 순간, 풍월의 눈동자가 반짝거렸다.

"빌어먹을 놈들, 거기 있었네."

말은 거칠었지만 눈빛은 따듯했다.

풍월이 순식간에 거리를 좁혀 전장에 도착했다.

사방에서 치열한 전투가 벌어졌지만 풍월은 신경도 쓰지 않았다.

아무 생각 없이 풍월을 공격했던 적사풍 단원들이 풍월의 전신을 보호하고 있는 천마탄강에 의해 모조리 나가떨어졌다.

하나, 둘, 셋, 넷.

십수 명의 동료가 비명도 지르지 못하고 절명하는 모습을 본 적사풍 단원들.

죽음 앞에서도 웃음을 터뜨릴 정도로 지독하다 소문난 그들이 공포에 질린 얼굴로 물러났다.

적사풍 단주 철양도 차마 공격 명령을 내리지 못했다. 평소의 성격대로라면 물러나는 수하들의 목을 당장 날렸을 테지만 위백양과 장로들이 패퇴했다는 것을 눈치챈 그는 오히려 공격을 하지 말고 물러나라는 신호를 줄 정도였다.

전장의 중심을 가르며 등장한 풍월로 인해 가장 치열하고 지독한 전장에 일시적이나마 평화가 찾아왔다.

"살아 있었네. 한데 꼴이 그게 뭐냐?"

풍월이 피투성이가 된 채 거친 숨을 내뱉고 있는 운파를 보며 혀를 찼다.

"사, 사숙?"

운파가 두 눈을 동그랗게 뜨고 바라보았다.

"뭐야? 내가 온 줄도 몰랐던 거냐?"

풍월이 어이가 없다는 얼굴로 물었다.

"그, 그게……"

운파가 뒤통수를 긁다가 인상을 썼다. 손바닥에 피가 흥건

했다. 자신도 모르는 사이 부상을 당한 것이다.

"적진에 난리가 난 것을 보고 대단한 고수가 우리를 돕고 있다는 것은 눈치를 챘습니다만 그게 소사숙일 줄은 몰랐습니다. 천문동인가 어디에서 돌아가셨다고… 게다가 잘 보이지가 않아서요."

운파가 곳곳에 우거진 수풀을 가리키며 민망한 표정을 지었다.

"너는 왜 그러고 서 있어? 당장 이리 오지 못해?"

풍월이 아직도 상황을 이해하지 못하고 멍한 표정을 짓고 있는 운공을 향해 손짓했다.

"사숙! 정말 사숙이십니까?"

운공의 눈에서 어느새 눈물이 흘러내리고 있었다.

"아니면? 귀신이라도 된다는 거냐?"

풍월이 도끼눈을 치켜뜨며 소리쳤지만, 표정이나 말투에 담긴 기운은 훈훈하기만 했다.

"세상에! 정말 꿈은 아니겠지요?"

"깨워주랴?"

"아, 아닙니다. 다행입니다. 정말 다행입니다. 이리 무사하신 줄도 모르고……."

감격에 겨운 운공은 제대로 말을 잇지 못했다.

"사숙께서 돌아가셨다는 소식이 연화봉에 전해졌을 때 다들 얼마나 놀랐는지 모릅니다. 사조님과 사부께선 며칠이나 식음을 전폐하셨지요. 이렇게 살아계신 것도 모르고요."

운파도 어느새 흐르는 눈물을 닦으며 말했다.

"네놈들은? 잘 먹고 잘 잤다는 거냐?"

"아, 아니, 그건 아니고요."

당황한 운파가 말을 더듬자 풍월이 피식 웃으며 양팔을 운파와 운공의 어깨에 걸쳤다.

"그건 그렇고 네놈들이 죽고 싶은 거지?"

"예? 무, 무슨 말씀이신지……."

운파와 운공이 동시에 움찔했다.

"어째서 사숙과 사형만 남겨두고 떠난 거냐?"

죽어도 남겠다는 운파와 운공을 호통을 쳐서 보낸 사람이 도진이라는 것도 들었고 화산파의 제자로서 문파의 사활이 걸린 상황에서 어쩔 수 없다는 것도 알고 있었지만 위기에 빠졌던 도진과 청연의 모습을 직접 목도한지라 풍월의 음성엔 약간 화가 나 있었다.

"그, 그건……."

운파와 운공은 뭐라 대꾸를 하지 못하고 고개를 숙이고 말았다.

사조와 사부의 명을 따르고 화산파의 제자로서 문파를 지키기 위해 본연의 임무를 다한 것이라 할 수 있다. 그러나 지금처럼 위험한 상황에서 사조와 사부를 끝까지 모시지 못했다는 것엔 어쨌든 변명의 여지가 없기 때문이었다.

"에라이!"

풍월이 운파와 운공의 뒤통수를 툭 쳤다.

뭐라 변명을 하면 호통이라도 칠 생각이었으나 한마디 대꾸도 하지 못한 채 안절부절못하는 모습에 화가 눈 녹듯 사라졌다. 그래도 약간의 힘은 들어갔는데 어색하게 웃고 마는 운공과는 다르게 운파는 냅다 비명을 지르며 인상을 썼다.

"악! 아픕니다!"

"어디서 엄살을……."

괘씸한 마음에 한 대 더 치려던 풍월은 손에 흥건하게 묻는 피를 보곤 흠칫 놀라 운파의 뒤통수를 살폈다.

목숨을 걱정할 정도로 상하지는 않았지만 제법 날카로운 자상에서 피가 끊임없이 흐르고 있었다.

"쯧쯧, 얼마나 멍청하면 여기를 다쳐. 뒈질 뻔했잖아."

괜히 미안한 마음에 퉁명스레 핀잔을 주곤 재빨리 주변 혈을 눌러 지혈을 시켰다.

"사숙, 그런데 사… 조님과 사부께선 잘 계시는지요?"

운공이 걱정스러운 얼굴로 물었다.

"살아는 계신다. 내가 조금만 늦었으면 염라대왕과 만나셨겠지만."

풍월이 장난스레 던진 말에 운파와 운공의 낯빛이 새하얗게 변했다.

"그것도 예상 못 한 거냐? 바보냐?"

"그, 그래서 두 분 무사하시냐고요!"

운파가 버럭 소리를 질렀다. 그 기세가 어찌나 살벌한지 풍월도 깜짝 놀랄 정도였다.

"귀까지 먹은 거냐? 방금 말했잖아. 살아계신다고."

풍월이 인상을 구기자 그제야 자신이 무슨 짓을 한 것인지 깨달은 운파가 어깨를 움츠리면서도 다시 말했다.

"살아계신 것하고 무사하신 거하고는 다르잖아요. 혹시 많이 다치기라도 하신 건 아닌가 해서요."

"조금 다치기는 하셨는데 심각할 정도는 아니니까 걱정은 하지 말고. 아, 참고로 화산을 난장판으로 만들던 놈들은 모조리 제거를 했으니까 그것도 너무 걱정은 하지 마시고요."

풍월은 도진과 청연이 공격을 받았다는 말을 듣는 순간부터 안절부절 못하는 이들을 둘러보며 말했다.

"혹, 도인 사형께서도 위험에 처하셨느냐? 청명동에 홀로 계셨는데."

피투성이가 된 채로 다가온 세설전주 도예가 걱정스러운 표정으로 물었다.

풍월은 자신의 손을 잡고 화산을 떠난 이들의 안위를 간절

히 부탁하던 도인의 얼굴을 떠올리며 괜히 마음이 무거워졌
다.

"무사하십니다."

"무량수불!"

감격 어린 표정으로 도호를 되뇌던 도예가 풍월을 향해 말
했다.

"고맙다. 네게 큰 신세를 졌구나."

과거 화산의 어른들이 풍월을 어찌 대했는지 알기에 도예
의 표정엔 미안한 마음이 가득했다.

"신세랄 것은 없고요."

민망한 마음에 고개를 돌린 풍월이 어찌 대처해야 할 줄
모르고 전전긍긍해하는 철양을 보며 말을 꺼내려던 찰나, 지
금껏 느껴보지 못한 날카로운 기운에 흠칫 놀라 몸을 돌렸
다.

세 명의 노인이 전장으로 다가오고 있었다.

세 명 모두 만만찮은 기운이 느껴졌는데 특히 중앙의 노인
에게선 과거 위지허에게 느꼈던 위협감이 떠오를 정도였다.

환사도문의 전대문주이자 사실상 주인이라 할 수 있는 위
천이었다.

위천이 초토화가 된 주변 전장과 정신을 잃은 채 포로가
되어 있는 위백양을 바라보며 탄식했다.

"천하의 환사도문이 이런 꼴이라니! 늙은 말코 하나만 때려 잡으면 끝이라 생각했는데 본좌가 큰 실수를 했구나."

위천이 눈짓하자 좌측에 선 노인이 어깨에 들쳐 메고 온 누군가를 바닥에 던졌다.

피투성이가 된 채 던져진 사람은 다름 아닌 화산파의 가장 큰 어른 송엽진인이었다.

"사숙!"

도예가 기겁하며 달려 나가려 할 때 그의 발밑으로 강력한 도기가 스쳐 지나갔다.

"이 늙은이를 구하고 싶으면 문주를 보내라."

송엽진인을 내던진 환사도문의 태상장로 위견이 조용히 말했다.

이미 정신이 반쯤 나간 도예가 진광과 군자검 이영 앞으로 달려왔다.

"어, 어서 저자를 풀어주시오. 사숙을 구해야 하오."

따지듯 소리치는 도예의 모습에 진광과 이영은 난처한 표정을 지었다. 화산파의 가장 큰 어른을 구해야 하는 것은 당연하지만 포로로 잡은 위백양은 그 이상의 가치를 지닌 인물이었다. 그렇다고 딱 잘라 거절할 수도 없기에 뭐라 대꾸를 하지 못할 때 청산이 나섰다.

"부탁드리겠습니다. 사 숙조님의 목숨이 걸린 일입니다."

화산파의 문주까지 나서서 머리를 숙이자 진광과 이영은 더욱 곤란한 표정을 지었다. 위백양을 포로로 잡은 사람이 그들이 아니라 풍월이기 때문이었다.

 진광과 이양의 시선이 동시에 풍월에게 향했다. 그 의미를 이해한 청산과 도예가 풍월에게 입을 열려는 찰나였다.

 많은 이들이 보는 앞에서 화산파의 존장들이 자신에게 아쉬운 소리를 하는 것을 보이기 싫었던 풍월이 재빨리 입을 열었다.

 "장문인 뜻대로 하시지요."

 "고, 고맙다."

 화산검선이 말년에 남긴 무공을 화산에 전해주었음에도 불구하고 풍월과 그들과 관계된 도진, 청연 등이 어떤 대우를 받았는지 너무도 잘 알고 있던 청산이 감격에 겨운 얼굴로 고개를 끄덕였다.

 "별말씀을요."

 가볍게 고개를 숙인 풍월이 여전히 혼절한 상태인 위백양에게 다가갔다. 그러고는 그를 어깨에 메고는 위천을 향해 걸어가다가 조금 전 그들이 송엽진인을 함부로 대했던 것처럼 똑같은 식으로 바닥에 집어 던졌다.

 "네놈이!"

 위견이 발끈하려는 찰나, 위천이 풍월을 향해 물었다.

"네 솜씨더냐?"

"무엇을 말하는 것인지는 모르겠지만 아마도 맞을 겁니다."

"어린놈이 참으로 건방져. 광오하기도 하고. 하지만 그만한 실력이 있음을 인정하지 않을 수가 없구나."

위천은 위백양은 물론이고 그를 보좌하던 장로들과 만월당의 고수들이 모조리 박살 난 것을 확인했다. 가히 경악할 만한 실력이 아닐 수 없었다.

"피는 볼 만큼 본 것 같은데 이쯤해서 물러나는 것이 어떻겠습니까?"

풍월이 제안을 했다.

"……."

위백양이 포로로 잡히고 상당수의 장로들과 수없이 많은 수하들이 쓰러진 상황에서 더 이상의 싸움은 실익이 없다고 판단했다. 더구나 자신과 두 아우가 힘을 합친다면 지지 않을 자신은 있었으나 솔직히 확실히 이긴다고 자신할 수도 없었다.

"그러지."

한참을 고민하던 위천이 풍월의 제안을 받아들이자 숨죽이며 두 사람의 대화를 듣던 이들의 입에서 탄식이 터져 나왔다.

"고맙습니다."

풍월이 위천을 향해 정중히 고개를 숙였다. 그런 풍월을 물
끄러미 바라보던 위천이 물었다.

"노부는 위천이라 한다. 네 이름은 무엇이냐?"

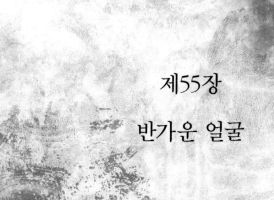

제55장

반가운 얼굴

"승리를 눈앞에 둔 상황이었습니다. 어찌 철수를 하신 겁니까?"

당가와의 치열한 싸움을 하느라 지쳐 있는 수하들에게 휴식을 명령하고 곧바로 달려온 추망우가 잔뜩 화가 난 얼굴로 물었다.

"면목이 없군. 상황이 그리되었네."

위천이 씁쓸한 미소를 지으며 양해를 구했다.

"상황이 그리되었다니요? 제가 납득할 수 있는 이유를 말해 주시지요."

치미는 화를 애써 억누르며 나름 예의를 갖추고는 있었으나 추망우의 음성에서 노기가 절로 느껴졌다.

당연했다.

당령과의 싸움은 정말 치열했다.

삼 년 전, 나름 뛰어난 재능을 지니고는 있었지만 마음만 먹으면 손쉽게 숨통을 끊어버릴 정도의 실력뿐이었다.

하지만 만독마존의 무공을 얻은 것으로 추측되는 지금, 그녀는 과거의 애송이가 아니었다.

단 삼 년 만에 자신의 목숨을 위협할 수 있는 고수로 성장했고 시간이 흐르면 얼마나 더 강해질지 추측조차 되지 않았다.

개인적으로도 그렇고 개천회의 입장에서도 그녀가 더 성장하기 전에, 기회가 있을 때 반드시 제거를 해야 했다.

반 시진이 넘는 치열한 싸움 끝에 기회를 잡았다.

한데 조금만 더 몰아붙이면 명줄을 끊어버릴 결정적인 순간, 환사도문이 갑자기 철수를 한다는 소식이 전해졌다. 환사도문을 상대하던 화산파와 무당파의 제자들이 당가를 돕기 위해 움직이고 있다는 전갈과 함께.

어쩔 수 없이 병력을 물리고 퇴각을 할 수밖에 없었다.

그때의 아쉬움은 뭐라 말로 표현할 수가 없었다.

마치 몸 안에 난 종기를 제거하지 않고 그대로 놔둔 느낌이라고나 할까.

장차 그 종기가 자라나 자신의 목숨을 위협할 것 같은 더러운 기분이었다.

"문주와 그를 따라 움직이던 장로들과 제자들이 박살이 났네. 그것도 한 사람에게. 심지어 포로로 잡히기까지 했지. 한심하긴 하나 명색이 문주가 아닌가. 살릴 수밖에 없었네. 이정도면 납득할 만한 이유가 되겠는가?"

위천의 한숨 섞인 반문에 추망우는 할 말을 잃고 말았다.

위백양과 함께 움직인 장로라면 말 그대로 환사도문의 수뇌부가 아닌가.

그런 그들이 한 사람에게 박살이 났다는 말이었으니 도저히 믿을 수가 없었다.

"대체 누가 그런 실력을 지녔다는 말입니까? 무당과 화산의 저력이 대단하다고는 하나 그만한 실력자가 있다는 말은 금시초문입니다. 누굽니까, 대체 그자가?"

"풍월이라 했네."

위천의 대답에 추망우의 눈이 휘둥그레졌다.

"지, 지금 누구라고 하셨습니까? 풍… 월이라 하셨습니까?"

추망우가 더듬거리며 물었다.

"맞네. 분명 풍월이라 했지. 자네 말대로 우리가 알기로도 화산파에 그런 자는 없었네. 혹 아는 자인가?"

위천의 물음에 추망우가 무겁게 고개를 끄덕였다.

"알지요. 모를 수가 없습니다. 한때 중원 무림을 떠들썩하게 만들었던 놈이니까요."

"하긴 실력을 보니 그럴 만도 해. 한데 그만한 인물을 우리는 어째서 몰랐을까?"

"이미 죽은 놈입니다."

"죽었… 다? 저리 멀쩡히 살아 있는데?"

"그렇습니다. 화산괴룡 풍월은 삼 년 전, 천마동부에서 죽은 것으로 알려진 놈입니다."

"천마… 동부라면 개천회가 세상에 모습을 드러낸 곳이 아닌가?"

"맞습니다."

"아!"

가만히 듣고 있던 위견의 입에서 탄성이 터져 나왔다.

"그놈이 혹시 천마도를 세상에 공개한 놈 아닌가?"

"그렇습니다. 바로 그놈입니다."

"역시 그렇군. 어디서 들은 적이 있는 이름 같더니만. 기억 안 나십니까, 형님. 언젠가 술자리에서 천마도 같은 보물을 세상에 공개한 미친놈에 대해서 얘기를 나눈 적이 있습니다."

위견의 말에 위천도 고개를 끄덕였다.

"그래, 기억이 나. 천하에 바보가 아니면 진정으로 대단한 놈이라고 했던 것도. 그때는 제 잘난 맛에 사는 멍청한 놈이라고 했는데 오늘 놈을 만나본 느낌대로라면 후자로군. 그때도 지금처럼 강했나?"

위천이 물었다.

"강했지요. 본 회가 계획한 중요한 일들이 놈 때문에 몇 번이나 망가졌습니다. 그럼에도 불구하고 대장로께서 놈을 회유하시려 했다는 말이 있을 정도였지요. 물론 놈은 거절을 했고, 결국 대장로님께 패해 쓰러졌습니다. 아, 참고로 놈을 쓰러뜨릴 때 사용하신 무공이 바로……."

추망우가 묘한 표정을 지으며 말끝을 흐리자 위천이 그 의미를 바로 알아차렸다.

"육도마존 조사님의 무공이었나?"

"그렇습니다."

"조사님의 무공을 반드시 얻어야 하는 또 하나의 이유가 생긴 셈이로군."

위천이 굴욕적으로 퇴각한 낙안봉 능선을 지그시 바라보며 말했다.

추망우는 별다른 대꾸 없이 깊은 생각에 잠겼다.

'환사도문의 문주와 장로들을 단독으로 쓸어버렸단 말이지. 놀랍군. 강하긴 했지만 이 정도까지는 아니었다. 당가의 계집처럼 어떤 기연이라도 있었단 말인가? 흠, 팔대마존의 무공 중 아직 회수되지 못한 무공이라면 살황마존의 무공과 천뇌마존의 무공. 하나 살황마존의 무공은 놈이 익힌 무공과 궤를 달리한다. 천뇌마존의 무공도 약한 것은 아니나 애당초 무공으로 흥한 인물이 아니었고. 서, 설마 천마의 무공이?'

기광을 뿜어대던 추망우의 눈빛이 이내 사라졌다.

'아니다. 그 많은 인원이 샅샅이 뒤지고서도 발견하지 못했는데 갑자기 발견된다는 것도 말이 되지 않는다. 하지만……'

애써 부정을 해보아도 마음 한구석에서 불안감이 치밀어 올랐다.

'그럴 리는 없겠지만 만에 하나라는 가능성을 열어둬야겠구나. 놈이 정말 천마의 무공을 얻었다면……'

추망우의 입에서 절로 한숨이 흘러나왔다.

풍월과 개천회의 관계를 감안했을 때 천마의 무공이 풍월에게 이어졌다면 그야말로 최악의 상황이 아닐 수 없었다.

"무슨 생각을 그리 심각하게 하는가?"

위천이 한숨을 내쉬는 추망우의 안색을 살피며 물었다.

"아! 별것 아닙니다. 잠시 생각할 것이 있었습니다."

위천에게 자신의 감정 변화를 드러냈다는 것을 자책하면서 쓰게 웃던 추망우가 낙안봉 능선을 힐끗 바라보곤 더없이 진지한 표정으로 말했다.

"제가 이곳으로 올 때 회주께선 모든 권한을 일임하셨습니다. 상황이 상황이니만큼 보다 진지한 대화를 나눠볼 필요가 있을 것 같군요."

위천은 추망우의 말속에서 어쩌면 육도마존 조사의 무공을 생각보다 쉽게 얻을 수 있을지도 모른다는 생각을 하곤 흔쾌히 고개를 끄덕였다.

적이 물러가는 것과 동시에 당령에게 달려간 풍월은 그간의 회포(?)를 풀려고 하였으나 쉽지가 않았다.

치열했던 추망우와의 싸움에서 상당한 내상과 부상을 당한 터라 우선적으로 치료가 필요했기 때문이다.

조금 떨어진 곳에서 운기조식을 하며 내상을 다스리고 있는 당령의 모습을 보곤 그대로 달려가 면상을 날려 버리고 싶은 마음이 굴뚝같았다.

하지만 풍월은 화산파를 위해 애쓴 다른 식솔들에게까지 피해를 주고 싶지는 않았다.

몇 배가 넘는 적을 맞아 혼신의 힘을 다해 싸우면서 끝까지 퇴로를 사수한 당가의 식솔들은 극도로 지친 모습들이었다.

애써 마음을 다잡은 풍월은 그녀와의 만남을 조금 뒤로 미룬 채 몸을 돌렸다.

그렇게 이각 정도의 시간이 흘렀다.

어느 정도 상황 정리가 되었다고 판단한 풍월이 다시금 당령을 향해 움직였다.

언제부터인지 불안한 눈빛으로 풍월을 살피고 있던 화산과 무당파의 수뇌들, 그리고 군웅을 이끌고 있던 명숙들이 풍월의 뒤를 따라 움직였다.

당가를 이끌고 있는 당만은 무거운 표정으로 풍월을 맞이했다.

조금 전, 서로 간 충분한 인사와 감사의 말을 주고받았기에 딱히 나눌 말은 없었다.

풍월의 눈이 당령에게 향했다.

홍조 띤 얼굴에서 운기조식이 마무리되고 있음을 직감적으로 느낄 수 있었다.

그때, 아까부터 풍월의 눈치를 살피던 청산이 조심스레 입을 열었다.

"당 소저에게 복수를 하려는 것이냐?"

설마하니 청산의 입에서 복수라는 말이 나올 줄은 상상도 하지 못했던 풍월이 깜짝 놀란 얼굴로 고개를 돌렸다.

"복… 수라니요?"

"모른 척할 것 없다. 천마동부에서 어떤 일이 벌어졌는지 알고 있으니까."

청산이 천마동부를 언급하자 풍월의 눈빛이 거세게 흔들렸다.

"장문 사숙께서 천마동부의 일을 아신단 말씀입니까?"

"그래."

"어찌 아셨습니까?"

날이 잔뜩 서 있는 음성에 청산이 한숨을 내쉬며 말했다.

"당 소저에게 직접 들었다."

"저년, 아니, 당 소저에게 들었다고요?"

"그래."

"뭐라던가요?"

풍월이 입술을 비틀며 물었다.

"너와 승룡검파 사이에서 벌어진 일들을 들었다. 천문동에 이르기 전부터 시작된 악연이라지. 더불어 그녀가 너를 해치려던 승룡검파를 막지 못했다는 것도 들었다."

"하! 막지 못했다고 하던가요?"

풍월이 코웃음을 치며 반문했다.

"그건……."

청산이 곤란한 얼굴로 말끝을 흐리자 조용히 듣고 있던 당만이 씁쓸한 얼굴로 입을 열었다.

"그 아이는 막지 못한 것이 아니라 방조했다고 고백했네. 아니, 정확히는 그 이상의 행동을 했다고 했지."

"장로님."

청산이 당만을 불렀다.

"다들 아는 사실입니다. 입이 열 개라도 할 말이 없는 일이지요."

힘없이 고개를 저은 당만이 풍월에게 머리를 숙였다.

"저 아이도 당연히 사죄를 하겠지만 우선 본가를 대신해서 노부의 사과를 받게. 상황이야 어찌 되었든 참으로 면목 없는 짓을 저질렀네. 용서해 주게."

당만이 머리를 숙여 사과하자 사연을 알고 있던 당가의 수뇌들도 일제히 머리를 숙였다.

"아, 아니요. 여러분들이 왜……."

당령과는 달리 화산파를 위해, 무림을 위해 정말 열심히 싸워준 당가의 식솔들에겐 악감정이 전혀 없던 풍월은 그들의 행동에 몹시 당황했다.

노도처럼 밀려든 환사도문의 공격으로 인해 절체절명의 위기에 빠져 있던 화산파를 구한 곳이 당가였다. 화산파를 생각하면 백 번, 천 번 감사해도 오히려 부족한 감이 있는 상황이 아니던가.

'환장하겠네. 이년이 자신의 악행이 드러날까 두려워서 선수를 친 모양이네. 하긴, 혼자 탈출을 한 것도 아니니까 감출

수가 없겠지.'

풍월은 또 다른 비밀 통로로 탈출을 시킨 유연청을 떠올리며 입술을 꽉 깨물었다.

'화산파를 구하기 위해 달려온 것도 제 악행을 희석시키려는 의도겠고. 흠, 어쩌면 내가 살아 있을 가능성까지 염두에 둔 걸지도 모르겠네. 정말 그렇다면 소름이 끼칠 정도로 치밀한 년이란 말이겠고.'

어쩌면 원하는 만큼 제대로 치도곤을 할 수 없을지도 모른다는 불길한 생각이 들었다.

'한데 어디까지 자백한 거지. 설마 제 손으로 식솔들까지 죽인 얘기를 한 거야? 아니겠지. 아무리 만독마존의 무공이 귀하다 해도 당가가 핏줄까지 죽이는 년을 인정할 정도로 타락하지는 않았겠지.'

그래도 확인을 해야 한다는 생각이 들었다.

"한데 다른 사람은 어찌 됐답니까? 듣기엔 그녀 혼자 살아남았다고 하던데요."

풍월이 은근슬쩍 물었다. 순간, 당만의 표정이 어두워졌다.

'뭐야? 저년이 저지른 짓을 아는 거야? 그런데도 용인을 한 거야?'

풍월은 설마 하는 마음으로 당만의 대답을 기다렸다.

"모조리 중독이 되어 죽었다네."

당만의 대답에 풍월의 안색이 딱딱하게 굳었다.

'안다. 알고 있었어. 당령, 이년 정말 미친 거야, 대담한 거야? 어떻게 핏줄까지 죽인 행동을 토설할 수 있는 것이지. 아니, 그런 년을 용인하는 당가는 또 뭐고?'

온갖 생각에 머릿속이 뒤죽박죽이 되어버렸을 때 당만이 분노로 가득한 말을 내뱉었다.

"패천마궁, 이 더러운 것들! 아무리 보물에 눈이 멀었다지만 그런 간악한 수를 쓰다니!"

당만의 외침에 풍월의 표정이 멍해졌다.

'이건 또 뭐야? 이 상황에서 패천마궁이 왜 나와?'

풍월이 제대로 이해를 하지 못한다고 여긴 당만이 재빨리 설명을 덧붙였다.

"보물을 두고 패천마궁 놈들과 다툰 것은 기억하나?"

"기억합니다. 만독마존이 남긴 것 말씀이군요."

"그렇네. 하지만 전력상 열세인 놈들은 상황이 여의치 않게 되자 미친 짓을 저질렀네."

"미친 짓이라면……."

"환희살! 놈들이 그 최악의 무기를 사용한 것이네."

환희살, 패천마궁의 잔당들이 삼대금용암기를 사용했다는 당만의 말에 두 사람의 대화를 듣고 있던 모든 이들의 얼굴에 두려움과 분노의 감정이 떠올랐다.

삼대금용암기는 어떠한 상황에서도 절대 사용해선 안 되는 끔찍한 무기였기 때문이다.

물론 단 한 사람, 천마동부의 상황을 직접 본 풍월만은 예외였다.

'하! 지랄도 풍년이로구나!'

패천마궁의 무인들이 환희살을 사용했다는 말에 풍월은 어이가 없었다.

패천마궁의 무인들이 환희살을 사용했다고 가정했을 때 그 위력을 감안하면 천마동부에 갇혔던 이들이 모조리 목숨을 잃었다는 것을 반박할 방법이 없었다. 직접 천마동부로 들어가 시신의 상태를 확인할 수가 없는 상황에서는 당령의 말을 믿을 수밖에 없는 것이다.

'제대로 사기를 쳤어.'

풍월은 승룡검파와 공모하여 자신을 죽음으로 내몬 사실도 스스로 자백하고 환희살이라는 희대의 암기까지 동원하여 나머지 사람들의 죽음의 당위성까지 확보하는 당령의 용의주도함에 혀를 내둘렀다.

당령의 치밀함에 감탄을 금치 못하는 사이 운기조식을 끝낸 당령이 천천히 걸어왔다.

풍월을 본 당령의 표정이 처연하게 변했다.

입술을 꼬옥 깨물고 고개를 떨군 채 걸어오는 그녀의 모습은 누구에게라도 동정을 살 만했다.

"오랜만입니다, 당 소저."

풍월이 환히 웃으며 말했다.

그 웃음에 담긴 살기를 느낀 당령이 몸을 살짝 떨었다.

하지만 이 많은 사람들 앞에서 함부로 손을 쓰지는 못하리란 생각에 떨리는 가슴을 진정시켰다.

"살아 계셨군요."

"운이 좋았습니다. 살려고 발버둥을 치다 보니 길이 보이더군요. 그런데 당 소저는 제가 살아온 것이 반갑지 않은 모양입니다."

"아, 아니에요. 다만……."

당령이 한 방울의 눈물을 떨궜다.

그 모습이 어찌나 처연한지 모두의 표정이 좋지 않았다. 마치 풍월이 잘못이라도 한 듯 노려보는 사람도 있었다.

풍월은 사람들의 반응에 실소를 지으며 말했다.

"당가의 도움 덕분에 화산파가 큰 위기에서 벗어난 것으로 압니다. 특히 당 소저의 활약이 대단했다고 들었습니다. 고맙습니다."

풍월이 정중히 머리를 숙여 인사를 했다.

"예? 아, 아니 저는……."

당령은 갑자기 머리를 숙이는 풍월을 보고 어찌 반응해야 할지 몰랐다.

'뭐지? 무슨 수작을 부리려는 거지?'

당령이 당혹스러운 눈길로 풍월을 바라보았다.

욕을 먹는 것은 물론이고 자칫하면 목숨이 위험할 수도 있다는 생각에 어찌하면 무사히 위기를 벗어날 수 있을까 고민하던 상황이 아니던가. 이런 전개는 전혀 예상치 못한 것이었다.

그건 두 사람을 불안한 눈길로 지켜보는 이들 역시 마찬가지였다.

"아시는 분은 아시겠지만 저와 화산의 관계는 그리 원만하지 않습니다. 하하! 솔직히 조금은 나쁘다고 해도 과언은 아니지요."

풍월의 너스레에 청산과 도예 등의 입에서 나직한 신음이 흘러나왔다.

"그래도 제가 사랑하는 이들이 있는 곳입니다."

풍월의 시선이 뒤쪽에 엉거주춤 서 있는 운파와 운공에게 잠시 머물렀다.

"또한 전대 장문인께서 적들에게 돌아가시기 전 제게 화산을 너무 미워하지 말라고 당부까지 하셨지요. 한데 당 소저의 활약이 없었다면 자칫 사랑하는 이들을 잃는 것은 물론이고 전대 장문인께도 면목이 없을 뻔했습니다. 어찌 감사의 인사를 하지 않을 수 있겠습니까?"

풍월의 말에 불안해하던 당령의 표정이 살짝 밝아졌다.

"당연히 해야 할 일을 한 것뿐인걸요. 제가 풍 공자께 한 실수를 조금이라도 만회하… 물론 그 정도로 그때의 잘못을 용서받을 수 없다는 것을 너무 잘 알지만요."

풍월의 눈빛이 살짝 변한다는 것을 느낀 당령이 황급히 말을 바꿨다.

"천마동부에서 살아 나온 이후, 얼마나 많은 죄책감에 시달렸는지 몰라요. 그때는 그게 최선의 선택이라 생각했지만 생각해 보면 저 역시 보물에 눈이 어두웠던 것이지요. 승룡검파와 마찰을 일으키면 패천마궁 잔당들과의 싸움에도 악영향을 미칠 것이라 생각했고, 그들이 본가에 양보하기로 한 물건도 받지 못할 수 있다는 생각을 했어요. 지금 생각해 보면 참으로 부끄럽고 어리석은 판단이었습니다. 놈들이 풍 공자님의 목숨을 원했어도 단호히 거절을 했어야 했는데……. 풍 공자님께 뭐라고 사죄의 말을 드려야 할지 모르겠어요."

당령이 눈물을 흘리며 사죄를 하자 곳곳에서 당령을 동정하는 시선이 느껴졌다. 그것이 괜히 싫었다.

"많은 분들이 제 어리석은 행동을 용서해 주셨지만……."

그렇잖아도 밸이 꼬이고 있던 상황에서 당령의 말은 풍월이 나름 열심히 잡고 있던 이성의 끈을 살짝 끊어버렸다.

"누가 용서를 해줬다고요?"

"예? 아니, 그게……."

당황한 당령이 뭐라 대꾸를 하려는 찰나, 풍월의 손이 섬전처럼 움직였다.

당령이 눈을 질끈 감았다.

눈으로 보았으나 반응을 하기엔 너무 늦었다.

철썩!

막힌 가슴을 시원하게 뚫어주는 듯한 찰진 타격음과 함께 당령의 몸이 크게 휘청거렸다.

짝!

비틀거리던 그녀의 고개가 다시금 거칠게 돌아가며 그대로 주저앉았다.

단 두 번의 싸다구로 인해 입안이 모조리 찢겨 나가고 코피가 주르르 흘러내렸다. 제대로 맞은 두 뺨도 순식간에 부풀어 올랐다.

풍월이 당령 앞에 쪼그려 앉으며 물었다.

"다시 말해봐요. 누가 뭘 용서를 했다고요?"

행여나 다시금 손을 쓸까 걱정한 도예가 황급히 풍월의 앞을 막고 나섰다.

"진정해라. 진심으로 용서를 비는 상대에게 너무 거칠지 않느냐?"

도예의 말을 시작으로 당령이 처참하게 나가떨어질 때부터 경악을 하고 있던 이들이 앞다투어 그녀를 두둔하기 시작했다.

"심정을 이해하지 못하는 바는 아니나 진정하게."

"그녀에게 외면을 받았을 때 얼마나 참담했을지 상상도 가지 않는군. 하나, 그간 그녀가 얼마나 애를 썼는지 조금만 더 살펴주시게."

이 정도 두둔은 그나마 말을 조심한 것이었다.

"허! 당가의 체면도 있는데 이 많은 사람들 앞에서. 게다가 여인의 얼굴을 이리 만들다니."

"너무하는군. 그녀의 활약이 아니었다면 자신이 사랑하는 사람들이 어찌 되었을지 모른다고 직접 말까지 하고선."

"비록 끝이 좋지는 않았지만 그녀가 천마동부에서 풍 공자의 목숨도 구했다고 들었소. 따지고 보면 지금 이렇게 살아 있는 것도 그녀의 덕이 아니오?"

"죄를 짓지 않는 사람은 없소. 하지만 자신의 죄를 뉘우치는 사람은 그야말로 극소수. 다정독후는 자신의 죄를 진심으로 뉘우치고 무림의 정의를 위해 온몸을 던지니 충분히 용서를 받을 자격이 있는 사람이라 생각하오."

당령을 두둔하다 못해 자신을 힐난하는 사람들을 보며 풍월은 그동안 당령이 얼마나 철저하게 자신을 포장했는지 다시금 깨달을 수 있었다.

일일이 대꾸할 가치도 없다고 여긴 풍월이 침묵하고 있는 청산에게 물었다.

"장문 사숙도 제가 너무한다고 생각하십니까?"

잠시 멈칫거린 청산이 풍월이 손을 쓸 때부터 각오를 한 듯 입술을 꽉 깨물고 눈을 감아버린 당만을 잠시 바라보곤 말했다.

"모르겠다. 네 마음도 충분히 이해가 가지만 그녀가 본문을 위해 얼마나 애를 썼는지 알기에 뭐라 답을 하기가 곤란하구나. 다만 한 가지, 당 소저의 말대로 여기 있는 모든 사람들은 그녀의 잘못을 이미 용서하기로 했다."

청산의 입에서 다시금 용서라는 말이 나오자 풍월이 차갑게 웃었다.

"재미있네요. 당한 사람은 난데 대체 누가 누구를 용서한다는 겁니까?"

풍월의 물음에 청산은 아무런 대답도 하지 못했다.

"어이없는 배신으로 인해 승룡검파의 칼날 앞에 내던져진 사람도 나고, 반병신이 된 몸으로도 기어이 살아보겠다고 한 치 앞도 보이지 않는 물속으로 뛰어든 사람도 납니다. 숨이 끊어질 것 같은 고통 속에서, 죽음의 문턱까지 밟아보고 겨우 살아난 사람도 납니다. 한데 재미있네요. 피해자인 나도 모르는 사이에 가해자인 저년이 벌써 용서를 받았다니 말이지요."

풍월이 당령을 두둔했던 사람들을 둘러보며 소리쳤다.

"대체 누가, 무슨 자격으로 저년을 용서한단 말입니까? 용서도 내가 하고, 죄를 줘도 내가 줍니다. 그러니까 나서지들 말아요. 내가 무슨 짓을 할지 나도 모르니까."

환사도문과의 싸움에서 풍월이 어떤 실력을 지녔는지 제대로 확인한 이들은 그의 살벌한 경고에 다들 입을 다물고 감히 움직이지 못했다.

풍월이 자신을 향해 걸어오자 당령의 눈동자가 파르르 떨렸다.

군웅들이 두둔하고 나설 때만 해도 분위기가 좋다고 여겼지만 풍월이 이렇게 무식한 방법으로 나올 줄은 예상치 못했다.

부상을 살피는 듯 그녀의 손이 은밀하게 품을 더듬었다.

손길에 차가운 감촉이 전해졌다.

부친이 천마동부에서 얻은 만년곤옥을 힘들게 제련하여 얻은 최고의 암기였다. 비록 최악이라 칭해지는 삼대금용암기보다는 못할지 몰라도 가까운 거리, 무방비 상태의 풍월에게 사용한다면 충분히 효과를 얻을 수 있으리라 여겼다.

바로 그때, 풍월의 기세에 눌려 아무도 움직이지 못하는 상황에서 그 누구도 예상치 못한 일이 벌어졌다.

청산이 풍월의 앞을 막아선 것이다.

"우리가 어리석었다. 네 말대로다. 네가 용서를 하지 않았는데 우리가 당 소저를 용서한다는 것 자체가 말이 되지 않는 것이다."

"……."

"우리에게 네 복수를 막을 명분이 없다는 것도 안다. 하지만 그럼에도 불구하고 나는 네 앞을 막아설 수밖에 없다. 그녀가 네게 저지른 일과는 별개로 화산은 당가와 그녀에게 갚기 힘든 큰 빚을 졌기 때문이다."

말이 끝나기도 전, 청산이 검을 들어 자신의 팔을 잘랐다.

"장문 사숙!"

깜짝 놀란 풍월이 재빨리 그의 움직임을 막았지만 이미 왼팔이 반쯤은 잘려 나간 상태였다.

"이게 무슨 짓입니까!"

풍월이 청산의 검을 뺏고 다급히 지혈을 했다. 도예 등도 기겁하여 달려와 청산의 상처를 살폈다.

청산은 자신의 상처 따위는 아랑곳하지 않고 풍월의 눈을 똑바로 응시하며 말했다.

"네가 부정한다면 할 수 없겠지만 그래도 화산과는 뗄 수 없는 인연이 있다고 생각한다. 내 비록 능력도 없고 별 볼 일 없는 인사이기는 하나 그래도 명색이 화산파의 장문. 이 못난 장문인의 팔 하나로 만족할 수는 없겠느냐?"

"대체……."

풍월이 말을 잇지 못하고 땅이 꺼져라 탄식했다.

어이도 없었다. 그야말로 미치고 팔짝 뛸 노릇이었다.

"장문 사숙의 팔이 당령의 목숨값이란 말입니까?"

"그렇게 인정해 줬으면 한다."

상당한 고통이 밀려올 것임에도 청산은 눈 하나 깜짝하지 않았다.

그런 청산을 보자니 물도 없이 밥을 목구멍으로 마구 처넣은 듯 답답한 기분이 들었다.

"인정하지요. 당연히 인정합니다. 대화산파 장문인의 팔을 어찌 당령의 목숨 따위와 비교할 수가 있겠습니까?"

풍월이 화를 참지 못하고 소리쳤다.

그의 대답에는 고지식하기 짝이 없는 청산에 대한 약간의 빈정거림도 섞여 있었다.

"문제는 당령, 저년의 목숨을 위해 장문인의 팔을 희생할 가치가 전혀 없다는 겁니다."

청산이 미간을 찌푸렸다. 뒤늦게 찾아온 고통 때문이 아니다. 자신이 팔을 희생하려 했음에도 풍월이 당령에 대한 원한을 전혀 풀지 않았음을 느꼈기 때문이다.

풍월은 풍월 나름대로 자신의 실책을 뼈저리게 자책했다.

'빌어먹을! 저년이 어떻게 자신의 죄를 희석시켰는지 뻔히 확인했으면서도 용서라는 말에 나도 모르게 흥분했다. 차분히 몰아서 변명의 여지도 없이 끝장을 냈어야 했는데. 그 바람에 장문 사숙의 팔만⋯⋯.'

풍월이 어느새 흰 천으로 감겨져 있는 청산의 상처를 힐끗 살폈다.

지혈을 했음에도 피가 배어 나왔다. 완전히 잘리진 않았지만 상처가 워낙 깊어 후유증을 장담할 수가 없는 상태였다.

'젠장, 자칫하면 멀쩡한 장문인을 병신으로 만들었다는 오명을 뒤집어쓸 뻔했네.'

쓰게 웃은 풍월이 눈동자를 이리저리 굴리며 떨고 있는 당령을 바라봤다.

다른 이들의 눈에는 잔뜩 겁을 집어먹은 모습으로 보이겠지만 풍월의 눈에는 지금의 상황을 모면하고자 열심히 머리를 굴리는 모습으로 보였다.

풍월이 당령을 노려보자 다들 우려의 눈빛으로 그를 바라봤다. 화산파 장문인의 팔로도 부족하느냐는 원망 섞인 눈빛이 다수였다.

그들의 시선에 아랑곳없이 질문을 던졌다.

"뭐라고 했지? 그래, 환희살. 천마동부에 있던 사람들이 다들 그 암기에 당했다고 했던가?"

순간, 당령의 눈빛이 크게 흔들렸다.

풍월의 질문에 묘한 비웃음이 깔려 있음을 본능적으로 느낀 것이다.

'저놈, 천마동부에 다시 갔다. 틀림없어. 모든 통로는 막혔는데 대체 어떻게… 아!'

당령의 뇌리에 풍월이 뛰어들었던 호수가 떠올랐다.

그곳을 통해 탈출을 했다면 당연히 다시 들어올 수도 있을 터였다.

'어쩌지? 뭐라 대답을 해야 하지?'

풍월이 천마동부에 다시 갔다면 생존자들이 모두 환희살에 당했다는 자신의 말이 거짓임을 이미 눈치채고 있다는 것을 의미했다. 그녀는 풍월이 함정을 파고 있음을 직감했다.

"제가 잘못 들은 건 아닌 것 같은데. 아까 환희살이라고 하지 않으셨습니까?"

풍월이 슬며시 당만을 끌어들였다.

"마, 맞네. 분명 환희살에 당했다고 했네."

당만은 당령이 어째서 바로 대답하지 못하는 것인지 의아해하며 고개를 끄덕였다.

당만의 시선을 느끼며 당령은 더 이상 머뭇거려선 자신에게 득이 될 것이 전혀 없다고 판단하곤 바로 입을 열었다.

"모두가 환희살에 당한 것은 아니에요."

"그게 무슨 소리냐? 네가 분명 패천마궁의 잔당들이 사용한 환희살에 모두 목숨을 잃었다고 했다. 네가 천마동부를 빠져나왔을 때 알 수 없는 독에 중독된 채 겨우 목숨을 부지하고 있었기에 조금의 의심도 하지 않았거늘. 그것이 거짓이란 말이냐? 왜 입을 다물고 있는 것이냐? 어서 말을 하여라. 설마 우리 모두를 속이고 기만한 것이냐?"

당만이 노기 어린 눈빛과 음성으로 물었다.

풍월과 다른 이들의 시선을 의식했는지 조금 심하다 할 정도로 몰아붙였다.

그건 한 치의 흔들림도 없는 눈빛을 하고 있는 당령을 믿기에 가능한 것이었다.

"패천마궁의 잔당이 환희살을 사용한 것은 틀림없는 사실입니다. 다만 그 전에 승룡검파 사람들과 충돌이 있었습니다."

"승룡검파와? 말이 되는 소리를 해야지. 승룡검파는 당시 우리와……."

갑자기 입을 다문 당만이 당령의 표정을 잠시 살피곤 무거운 음성으로 물었다.

"혹, 네가 그런 것이냐?"

"예, 제가 승룡검파 사람들을 죽였습니다."

갑작스러운 고백에 질문을 던진 당만은 물론이고 귀를 쫑긋 세운 채 듣고 있던 이들 모두 놀라움을 감추지 못했다.

"어, 어째서? 어째서 그들을 죽인 것이냐?"

자신이 예상한 전개가 아닌 것인지 당만의 표정과 음성엔 당혹감이 가득했다.

풍월을 힐끗 살핀 당령이 차분한 어조로 입을 열었다.

"장로님께서도 아시다시피 그곳에서 얻은 보물은 모두 세 가지였습니다. 하지만 어느 것 하나 승룡검파와는 상관이 없는 물건들이었지요."

당령은 어떤 보물인지는 굳이 밝히지 않았다.

"그들이 당가에 그 보물을 양보하면서 요구한 것이 바로 풍… 공자의 목숨이었습니다."

순간, 모두의 시선이 풍월에게 향했다.

풍월은 팔짱을 낀 채 흥미롭다는 표정으로 당령의 말을 기다렸다.

"제가 보물에 눈이 어두워 그걸 용인하는 잘못을 저지른 것은 다들 아실 겁니다. 한데 풍 공자가 승룡검파의 공격을 피해 호수로 뛰어들면서 모든 것이 꼬였습니다. 직접 풍 공자의 목숨을 취하지 못하고 죽음도 확인하지 못한 그들은 약속은 무효라며 당가에 양도한 보물을 내놓으라고 하였습니다."

설명이 끝나지 않았음에도 곳곳에서 탄식이 터져 나왔다.

"양심을 팔아가며 얻은 보물입니다. 게다가 승룡검파는 물론이고 여타 문파에도 전혀 쓸모없는 보물이지요. 소녀는 당연히 거부할 수밖에 없었습니다."

"그래서 승룡검파와 충돌을 했고 그들을 죽였다는 것이냐?"

당만이 한숨을 내쉬며 물었다.

일단 최악의 상황은 면했지만 승룡검파와 싸우고 그들을 죽였다는 것은 변하지 않는 사실이기에 표정은 더없이 무거웠다.

"예."

당령의 대답에 다시금 탄식이 터져 나왔다.

보물을 내놓으라는 승룡검파와 그걸 거부하는 당령의 모습, 천마동부의 상황이 그대로 그려지는 것 같았다.

"패천마궁의 잔당들이 환희살을 사용한 것은 소녀가 승룡검파 사람들을 쓰러뜨린 직후였습니다. 치명적인 부상을 당한 채 함께 죽자는 식으로 자폭을 한 것이지요. 환희살이 폭죽처럼 터지며 그걸 사용한 놈들은 물론이고 당호 오라버니를 비롯해 식솔들 역시 그 자리에서 절명했습니다. 다행히 소녀는 환희살의 공격 범위에서 멀리 떨어져 있어 죽음을 면할 수는 있었지만 그래도 독에 중독되는 것을 막을 수는 없었습니다. 온갖 해독약을 다 복용해 보았으나 별 소용도 없었고요."

"그래, 정말 심각했지. 솔직히 우리 모두는 네가 살아날 것이라곤 생각하지 못했다."

"본가의 어르신들이 밤낮으로 애를 써주신 덕분이지요. 못난 소녀의 목숨을 살리고자 얼마나 많은 분들이 고생을 하셨는지 너무도 잘 알고 있습니다."

그때의 고통스러운 기억을 떠올리는지 당령이 눈시울을 붉혔다.

뭔지 모르게 숙연해지는 분위기. 하나, 가소롭다는 얼굴로 듣고 있던 풍월이 이를 용납하지 않았다.

"흠, 그러니까 승룡검파 사람들은 이미 죽었고, 환희살에 당한 사람들은 당가의 식솔들이란 말이네. 맞나?"

풍월의 물음에 당령이 힘없이 고개를 끄덕였다.

"그래요."

"좋아, 일단 그렇다고 쳐. 하지만 풀리지 않는 의문점이 있어. 지금부터 그 의문점에 대해 질문을 할 테니 제대로 대답을 해봐. 목숨이 걸린 일이니까 신중하게 말이야."

당령이 긴장된 표정으로 고개를 끄덕이자 비릿한 미소를 지은 풍월이 손가락 하나를 세웠다.

　"첫째, 내 기억으론 당가와 충돌했던 패천마궁의 무인들은 흑귀대의 무인들이었어. 한데 고작 일개 무력 단체의 대원들이 삼대금용암기인 환희살을 지니고 있다는 것이 말이 된다고 생각하냐?"

　풍월이 당만에게 시선을 돌려 다시 물었다.

　"당가의 식솔들은 혈루비나 염왕사를 마음대로 지니고 다닙니까?"

　"그, 그렇지는 않네."

　당만이 떨떠름한 얼굴로 고개를 저었다.

　"그렇다는데. 어찌 생각해?"

　"패천마궁의 일은 저도 잘 모릅니다. 상황의 특수성 때문에 지니고 있었을지도 모르지요. 아무튼 그들이 환희살을 사용한 것은 틀림없는 사실입니다."

　당만과는 다르게 당령은 조금도 당황하지 않고 자신의 말이 사실임을 주장했다.

　"좋아, 그럼 두 번째. 너는 네가 승룡검파의 무인들을 죽인 이후에 당가의 식솔들과 싸우고 있던 패천마궁 무인들이 환희살을 사용했다고 했어. 맞지?"

　"그래… 요."

"그런데 어째서 승룡검파 무인들과 당가 식솔들의 시신이 거의 붙은 채 쓰러져 있는 것이지? 패천마궁 무인들의 시신은 한참 먼 곳에 쓰러져 있고. 반대가 되어야 하는 거 아냐? 당가의 식솔들과 패천마궁 무인들의 시신이 붙어 있고 승룡검파 시신들이 떨어져 있어야 하는 것 아니냐고? 조금 전에 말했잖아. 패천마궁의 무인들이 당가의 식솔들과 자폭하며 함께 죽었고, 네년은 멀리 떨어져 있어서 죽음을 모면했다고."

"그, 그건……."

말문이 막힌 당령이 대답을 머뭇거릴 때 군웅들은 그제야 풍월이 천마동부에 다시금 들어갔다는 것을 눈치챘다.

"시신들의 상태를 확인했다는 말인즉, 그대가 다시 천마동부에 들어갔음을 의미하는 것인가?"

군자검 이영이 놀라 물었다.

"예, 다시 들어갔습니다. 천마동부에서 오직 한 사람, 다.정.독.후.만 살아남았다는 말을 듣고 어이가 없어서 다시 들어갔지요."

풍월이 필사적으로 눈동자를 굴리고 있는 당령을 비웃으며 말했다.

"천마동부로 통하는 모든 길은 막힌 것으로 아는데. 심지어 당 소저가 빠져나온 비밀 통로까지도."

"빠져나올 때 사용한 물길을 역으로 거슬러 올라갔습니다. 정말 다시는 하고 싶지 않은 경험이었는데 누구 때문에 할 수 없이 그 짓을 했네요. 지금 생각해도 이가 갈립니다."

풍월이 당령을 향해 고개를 홱 돌리곤 소리쳤다.

"어이, 왜 대답이 없어? 패천마궁의 무인들과 싸우다 환희살에 당했다던 당가의 식솔들이 어째서 승룡검파 사람들과 같이 쓰러져 있냐고?"

"시신들의 위치는 정확히 기억이 나지는 않아요. 다만 환희살을 피하는 과정에서 벌어진 일이겠지요. 적이 환희살을 사용하는데 코앞에서 당할 수는 없으니까. 맞아요, 그랬던 것 같아요. 다들 놀라서 피하느라……."

당령의 변명을 듣기 싫었던 풍월이 세 번째 손가락을 치켜 올리며 물었다.

"마지막으로 세 번째. 어째서 팽가의 무인을 죽인 거냐?"

"예? 그, 그게 무슨 말……."

이해하지 못하겠다는 표정으로 되묻던 당령이 갑자기 말끝을 흐렸다.

눈동자가 급격히 팽창하고 안색이 딱딱하게 굳었다.

기억난 것이다.

직접 목을 베어버린 천마동부의 마지막 생존자, 팽가의 무인을.

'팽후… 였던가?'

똑똑히 기억이 났지만 절대로 인정할 수 없었다. 무조건 부인을 해야 했다.

"무슨 말을 하는지 모르겠네요. 소녀가 어째서 그를 죽였다고 생각하… 악!"

변명을 하던 당령이 비명을 지르며 바닥을 굴렀다.

당령의 얼굴을 그대로 후려친 풍월이 비틀거리며 일어나는 그녀를 향해 소리쳤다.

"귀가 썩는 것 같아서 더는 못 들어주겠다. 무슨 말을 하는지 모르겠다고? 기다려 봐. 생각나게 해줄 테니까."

풍월이 당령을 향해 손을 뻗었다.

자신을 향해 밀려오는 손길을 뻔히 보면서도 당령은 아무 것도 할 수가 없었다.

피해야 한다고 생각했지만 추망우와의 격전으로 인한 부상이 워낙 심한 터라 제대로 반응을 할 수가 없었다.

"컥!"

풍월의 손에 목덜미가 잡힌 당령의 입에서 외마디 비명이 흘러나왔다.

"내 추측은, 아니, 천마동부에 쓰러진 시신들의 상태를 보고 내린 판단은 이렇다."

풍월이 당령을 질질 끌고는 남쪽 방향으로 크게 휘어진 소나무를 향해 걸어갔다.

"만독마존이 남긴 보물에 눈이 뒤집힌 네년은 승룡검파의 무인들을 죽이고!"

풍월이 그녀의 얼굴을 소나무에 처박았다.

소나무의 거친 표면에 그녀의 얼굴이 크게 망가졌다.

"동료라 믿고 등을 내준 팽가의 무인을 죽이고!"

당령의 얼굴과 소나무가 다시금 거칠게 부딪쳤다.

사방으로 핏물이 튀겼다.

소나무에 튄 핏물을 본 풍월이 멱살 잡은 손을 풀고는 힘없이 숙여지는 당령의 몸을 향해 그대로 발길질을 했다.

갈비뼈가 박살이 나는 소리와 함께 펄떡 뛰어오른 그녀가 하필이면 당만의 발밑으로 날아가 처박혔다.

풍월은 당령이 아닌 자신을 향해 금방이라도 노호성을 터뜨릴 것 같은 당만을 향해 탄식하듯 말했다.

"혈육을 죽였다."

당령을 안아들던 당만이 흠칫 놀랐다.

풍월의 말을 곱씹는 당만의 얼굴이 처참하게 일그러졌다.

"지, 지금 그게 무슨 말인가? 혈… 육을 죽였다니? 하면 이 아이가 제 형제들을 해쳤다는 말인가?"

질문을 하면서도 절대로 믿을 수 없다는 듯 당만의 음성이 덜덜 떨렸다.

풍월은 당만의 질문에 대답하지 않은 채 거의 정신 줄을 놓고 있는 당령에게 다가가 조용히 속삭였다.

"탈출한 비밀 통로도 천마동부의 동굴이 무너질 때의 영향으로 무너졌다지? 지랄! 네년 짓이겠지. 혹여라도 천마동부의 상황이 알려지면 안 되니까. 아니, 그럴싸하게 변명을 늘어놓는 것을 보면 설사 열려도 상관없다고 생각했을지도 모르겠네. 하지만 네년이 간과한 것이 있다."

풍월이 다시금 당령의 멱살을 틀어쥐었다.

"내가 어째서 네년이 팽가의 식솔을 죽였다고 확신했는지 알아?"

풍월은 모두가 들으라든 듯 크게 말했다.

"그의 시신 옆에는 팽가의 상징이라 할 수 있는 호아도가 놓여 있었다. 그리고 그 호아도의 끝에 바로 네년의 이름, 당령이란 글자가 새겨져 있었지. 죽음을 눈앞에 둔 무인이 누군가의 이름을 필사적으로 새겼다. 그 의미를 모르는 사람이 있을까? 네년이 아무리 그럴싸한 변명을 해도 결론은 이미 나 있던 거다. 팽가의 무인이 죽음으로써 남긴 네년의 더러운 이름을 발견하는 순간에."

더 이상은 손을 대는 것조차 더럽다는 듯 멱살을 푼 풍월이 손을 털 때였다.

옆구리를 붙잡고 비틀거리던, 죽은 듯 두 눈을 감고 있던 당령이 갑자기 눈을 뜨며 풍월을 향해 손을 뻗었다.

"죽엇!"

온갖 원망, 증오가 담긴 외침과 더불어 수십 개의 암기가 풍월을 향해 날아갔다.

하지만 단 한 개의 암기도 그의 몸에 영향을 주지 못했다. 저절로 일어난 천마탄강이 암기들을 모조리 튕겨내 버린 것이다.

그녀가 풍월에게 던진 암기는 천마동부에서 얻은 만년곤옥을 제련하여 만든 것. 그 어떤 호신강기도 무력화시킨다는 만년곤옥의 암기가 순식간에 무력화되자 당령의 핏발선 눈에 절망감이 깃들었다.

한데 그것이 끝이 아니었다.

천마탄강의 특징은 바로 받은 힘을 고스란히 되돌려 준다는 것. 풍월을 노렸던 암기 중 일부가 오히려 그녀를 노리며 짓쳐들었다.

"악!"

외마디 비명을 지른 당령이 얼굴로 손을 가져갔다. 이미 피투성이가 된 얼굴에서 한줄기 핏줄기가 흘러내렸다.

반전에 반전을 거듭하는 상황 속에서 어찌 반응해야 할지 모른 채 그저 숨죽이며 지켜만 보던 이들은 얼굴에서 손을 떼는 당령을 보곤 저마다 나직한 비명과 탄식을 내뱉었다.

풍월을 공격했던 암기 중 몇 개가 그녀의 얼굴에 깊이 박혔는데 하필이면 그중 한 곳이 바로 왼쪽 눈이었기 때문이다.

죄를 떠나 그 어떤 여인보다 아름다웠던 당령의 처참한 몰락은 지켜보는 이로 하여금 동정심을 자아내기에 충분했다.

그러나 아직도 충격에서 헤어나오지 못하고 있는 당만은 예외였다. 지금 그에겐 당령의 부상 따위가 중요한 것이 아니었다.

"사, 사실이냐? 네가 정녕 호와 다른 형제들의 목숨을 빼앗은 것이냐?"

당령을 향해 질문을 하는 당만의 표정은 안쓰러울 정도로 창백해져 있었다. 당령이 제발 아니라고 답을 해주길 바라는 간절함도 느껴졌다.

느릿느릿한 손길로 품을 뒤지는 당령은 그런 당만의 바람을 간단히 짓밟았다.

"병신이었어요. 당호, 그 인간이 그렇게 병신 같지만 않았어도 내가 이런 짓까지는 하지 않았을걸요!"

당만의 신형이 순간적으로 휘청거리며 당령에게서 떨어졌다. 놀라 뒷걸음질하는 당만의 얼굴이 안쓰러울 정도로 일그러졌다.

"네, 네가 정녕!"

"능력도 없는 병신을 그저 남자라는 이유만으로……."

거친 숨을 몰아쉬며 당만을 외면한 당령이 풍월을 노려보며 말했다.

"기다려. 네놈이 나한테 한 짓을 반드시 백배, 천배로 갚아 줄 테니까."

"미친년. 누가 그럴 기회를 준다고 하는데?"

풍월이 어이없이 웃으며 그녀를 향해 걸어갔다.

"네가."

짧게 대답한 당령이 품에서 꺼낸 두 개의 물건을 꺼내 들었다.

하나는 주먹보다 조금 작은 유리구슬이었고, 다른 하나는 그보다 조금 큰 쇠통이었다.

풍월은 그저 새로운 암기를 꺼낸 것이라 여기며 코웃음을 쳤지만 당만은 달랐다.

"미, 미친! 네, 네가 어찌 염왕사와 혈루비를!"

염왕사와 혈루비라는 이름은 결코 가볍지 않았다.

당만의 입에서 염왕사와 혈루비라는 이름이 나오자마자 모두의 안색이 흙빛으로 변해 버렸다.

"지랄한다. 어서 되도 않는 협박을."

풍월이 당령을 향해 걸음을 내딛자 당령이 유리구슬을 앞으로 내밀며 말했다.

"한 걸음만 더 움직여 봐. 아주 재미있는 걸 구경하게 될 테니까. 바람도 적당하네. 당신들도 마찬가지야. 그대로 꼼짝하지 마. 도망칠 생각도 하지 말고. 한 놈이라도 움직이면 다 죽는 거야!"

당만이 악에 받친 당령의 경고에도 아랑곳없이 걸음을 옮기려는 풍월의 팔을 잡으며 고개를 흔들었다.

"안 되네, 풍 공자. 괜히 삼대금용암기가 아니야. 염왕사와 혈루비가 터지면 주변에 모인 이들 중 최소한 절반은 죽을 것이네."

당만의 섬뜩한 경고에 풍월도 움찔하지 않을 수 없었다.

마음 같아서 당장에라도 검을 휘둘러 당령의 추악한 얼굴을 날려 버리고 싶었다. 설사 염왕사와 혈루비를 사용한다고 해도 감당할 자신도 있었다.

하지만 뒤의 군웅들은 달랐다. 자신의 고집과 실수로 인해 자칫하면 최악의 상황을 겪을 수도 있었다.

'제길, 어쩐다.'

풍월이 쉽게 결정을 내리지 못하고 망설이는 사이 풍월은 물론이고 모든 이들을 옴짝달싹하지 못하게 만든 뒤 조금씩 뒷걸음질한 당령이 낙안봉 능선을 따라 숲으로 이동하기 시작했다.

걸음을 내디딜 때마다 옆구리에서 느껴지는 극통에 오만상을 찌푸렸는데 얼굴의 상처와 그로 인해 피로 범벅이 된 얼굴이 일그러지자 마치 악귀의 형상을 보는 것 같았다.

"그냥 얌전히 돼지는 게 어떨까? 그 꼴로 어디를 간다고 그러는 건데."

눈앞에 당령을 두고도 함부로 움직일 수 없는 상황이 답답한지 풍월의 음성엔 짜증이 가득 묻어나 있었다.

당령이 걸음을 멈췄다. 고개를 들어 잠시 하늘을 보았다. 마친 자신의 운명처럼 서서히 해가 지고 있었다.

'놈이 이대로 나를 보내줄까?'

표정을 보니 어림도 없는 소리 같았다.

군웅들의 목숨을 담보로 안전을 다짐받는다 해도 군웅들이 염왕사와 혈루비의 위협에서 벗어나는 순간 곧바로 쫓아와 목을 칠 것 같은 느낌이 들었다.

'상관없지.'

애당초 그냥 갈 생각도 없었다.

화산파 제자들을 쓸어버려 풍월에게 조금이라도 고통을 안겨주고 싶었다.

당만을 비롯해 당가의 식솔들이 조금 마음에 걸렸지만 이미 한 번 저지른 일, 처음이 어렵지 두 번은 어렵지 않았다.

가만히 옆구리의 상처를 만져봤다.

호흡은 어느 정도 안정을 되찾았으나 손길이 잠시 스치는 것만으로도 고통이 느껴지는 옆구리의 상처는 생각보다 훨씬 심각했다.

'이 몸으로 무사히 빠져나갈 수 있을까?'

생각은 길지 않았다.

가능성은 희박했으나 어차피 저지를 일이라면 과감히 저지르는 것이 성공할 확률이 높았다.

결단을 내린 당령이 군웅들을 향해 혈루비를 겨눴다.

"안 돼!"

당만의 다급한 외침이 끝나기도 전, 군웅들, 특히 화산파 제자들을 주요 목표로 하여 혈루비가 폭사됐다.

당령이 군웅들을 향해 혈루비를 겨누는 순간, 풍월은 이미 그녀를 향해 묵운을 던지고 묵뢰를 휘두르며 혈루비를 막기 위해 움직였다.

빛살처럼 날아간 묵운이 그녀의 가슴을 관통하기 직전, 죽음의 모래, 염왕사를 품고 있는 유리구슬이 그녀의 손을 떠났다.

픽!

오른쪽 가슴을 관통한 묵운에 의해 당령의 신형이 끊어진 연처럼 튕겨져 나갔다.

묵운에게 치명상을 당한 당령이 능선 아래, 절벽으로 힘없

이 추락할 때 그녀의 손을 떠난 유리구슬이 허공에서 부서졌
다.

　때마침 불어온 바람, 낙안봉 능선에 죽음의 그림자가 조용
히 드리워졌다.

제56장

다시 만난 인연(因緣)

　"…환사도문의 피해가 생각보다 심한 터라 현재는 공격을 미루고 뒤로 물러난 상황입니다."

　사마조의 짧은 보고가 끝나자 새로 들인 차가 마음에 들지 않는지 몇 번이나 입맛을 다신 노인, 개천회주 사마용이 찻잔을 옆으로 치우며 물었다.

　"화산파는 다시 돌아간 것이냐?"

　"무당파로 이동했습니다. 환사도문의 방화로 인해 대부분의 도관과 전각, 건물들이 잿더미로 변했습니다. 돌아가고 싶어도 갈 수가 없었을 것입니다."

"한심한 놈들. 화산이라면 목숨을 버리더라도 자존심은 지킬 줄 알았건만."

사마용의 비웃음에 그와는 달리 차향에 흠뻑 빠진 위지허가 찻주전자를 자신 앞으로 끌어당기며 말했다.

"올바른 판단이지. 자존심 세우려다 멸문지화를 당한 문파가 한둘도 아니고. 화산파의 장문인이 대담한 결정을 내렸군. 내부에서도 반발이 꽤나 심했을 텐데."

"그가 어떤 판단을 내렸든 추 장로께서 은검단을 이끌고 개입한 순간 화산파의 몰락은 예견된 것이었습니다. 실제로 그렇게 진행도 되었고요. 엉뚱한 인간이 튀어나오는 바람에……."

사마조는 풍월의 개입으로 인해 화산에서의 일이 틀어지게 된 것이 무척이나 억울한 표정이었다.

"강한 녀석이지. 그 녀석이 개입을 한 이상 어떤 식이든지 문제가 생길 수밖에 없다. 다만 과거에 비해 그 실력이 훨씬 더 강해졌다는 것이 마음에 걸리는구나."

위지허의 말에 사마조의 표정이 살짝 굳어졌다.

"추 장로님도 같은 의견을 보내주셨습니다. 그가 죽은 것으로 알려진 장소가 천마동부라는 것, 그리고 삼 년 만에 나타난 그의 무공 실력이 전보다 훨씬 강해졌다는 것을 감안했을 때……."

사마조가 말을 멈추고 숨을 들이켜자 위지허가 찻잔을 들며 말했다.

"추 장로는 그가 천마의 무공을 얻었다고 생각하는구나."

"그렇… 습니다."

"충분히 가능성이 있다고 본다. 천마의 무공이 아니더라도 그에 준하는 어떤 기연이 있지 않았나 싶다."

"허! 자네가 그토록 극찬한 녀석이 천마의 무공까지 얻었다면 얼마나 강해졌을지 상상도 되지 않는군. 그걸 확인하기 위해서라도 꼭 한번 만나봐야겠어."

사마용이 너털웃음을 터뜨리며 호승심을 드러내자 사마조가 한숨을 내쉬었다.

"그렇게 웃으실 일이 아닙니다. 지금껏 놈이 우리의 일을 망친 것이 하나둘이 아닙니다. 회유도 되지 않는 놈입니다."

풍월의 실력을 탐내 회유를 하려다 실패한 위지허를 힐끗 바라본 사마조가 말을 이었다.

"그런 놈이 천마의 무공을, 아니, 굳이 천마의 무공이 아니더라도 놈이 그토록 강해져서 돌아왔다는 것은 심각한 문제입니다. 당장 그놈을 제압할 고수를 찾기가 쉽지 않습니다."

답답함에 목소리를 높인 사마조가 위지허에게 물었다.

"누구보다 놈의 실력을 가장 잘 알고 계신 분이 대장로십니다. 솔직히 말씀해 주십시오. 놈의 실력이 천마동부에서 충돌을 했을 때보다 한층 강해졌다면 대장로님께선 놈을 쓰러뜨릴 수 있으십니까?"

"곤란한 질문을 하는구나."

위지허가 엷은 미소를 지으며 찻잔을 들었다. 그러고는 천마동부 앞에서 풍월과 싸웠던 당시를 잠시 떠올렸다.

결코 쉽지 않은 상대였다. 육도마존의 무공을 제대로 익히지 못했다면 쓰러진 것은 오히려 자신이었을 터.

'그때보다 훨씬 더 강해졌다라……'

쓴웃음이 절로 흘러나왔다.

애당초 생각할 것도 없었다.

풍월이 삼 년 만에 돌아왔다는 것을 확인한 순간부터 답은 이미 나와 있었다.

"당시보다 어느 정도 실력이 늘었는지 확인을 할 수가 없어서 딱히 단정은 하지 못하겠으나 추 장로가 전해온 소식을 감안했을 때 상대하기가 쉽지는 않을 것 같구나. 더구나 녀석이 천마의 무공을 얻은 것이 확실하다면 노부뿐만 아니라 천하의 누구라도 녀석의 상대는 없다."

위지허의 말에 가뜩이나 굳어져 있던 사마조의 표정이 더욱 일그러졌지만 사마용은 오히려 미소를 지었다.

"허허허! 정말 궁금하군. 천마의 무공이라니!"

"웃으실 일이 아닙니다. 지금부터라도 놈을 상대할 대책을……."

사마용이 손을 저으며 사마조의 말을 잘랐다.

"천마의 무공을 회수할 방법을 찾아보도록 해라."

"예?"

사마조가 어이없는 얼굴로 되물었다.

"놈이 얻은 천마의 무공. 그걸 얻을 방법을 찾아보란 말이다."

사마용은 풍월이 천마의 무공을 얻은 것이라 확신하는 것 같았다.

뭐라 반박을 하려던 사마조는 사마용의 눈빛이 활활 불타오르는 것을 보곤 입을 다물었다. 지금 상태라면 그 어떤 말도 통하지 않을 터였다.

"알겠습니다. 방법을 찾아보겠습니다."

힘없이 대꾸한 사마조는 그리 될 줄 알았다는 듯 웃고 있는 위지허를 원망 섞인 눈으로 바라보며 말했다.

"참고로 예상치 못한 적의 출현에 추 장로님은 환사도문과의 관계를 한시적인 계약 관계가 아니라 단단한 동맹으로 격상시켜야 한다고 판단했으며, 그러기 위해서 환사도문에 육도마존의 무공을 조건 없이 제공할 필요가 있다고 전해왔습니다."

"동맹도 나쁘지는 않겠지. 필요치 않을 땐 깨버리면 그만일 테니까. 그렇게 하라 전해라."

사마조는 사마용의 말에 바로 대답하지 않고 대신 위지허를 바라보았다.

"왜 그리 보느냐? 노부가 반대할 것이라 여긴 것이냐?"

"괜찮으시겠습니까?"

"인연이 닿아 노부가 먼저 익히긴 했다만 애당초 주인은 환사도문이다. 주인을 찾아가는 것인데 반대할 이유가 없지. 그냥 준다는 것도 아니고."

위지허는 웃으며 말을 했지만 그리 결정하기가 결코 쉬운 일이 아님을 알고 있던 사마조는 위지허의 대범함에 절로 머리를 숙였다.

"참, 남궁세가의 일은 어찌 되고 있느냐? 이제 적당히 버릴 때가 된 것 같은데."

사마용이 지나가는 말로 물었다.

"준비는 끝났습니다. 패천마궁의 움직임이 변수이기는 하나 조만간 남궁세가를 무너뜨리기 위한 마련의 대대적인 공세가 시작될 것입니다. 남궁세가가 무너지고 나면 강남 무림은 정의맹이 완전히 접수를 했다고 해도 과언은 아닐 것입니다."

사마조의 자신만만한 말투에 사마용이 충고하듯 말했다.

"접수가 아니다. 명심해라. 정의맹은 단순히 힘으로써 군림하지 않고 지배도 하지 않는다. 백도 무림의 특성을 감안했을 때 애당초 그리할 수도 없다. 그 틀에서 본가는 힘보다는 정신적으로, 찬란한 명예와 명성으로서 천하에 우뚝 설 것이다."

이것이 바로 개천회의 회주이자 정의맹을 사실상 장악하고 있는 사마세가의 전대 가주 사마용의 포부였다.

"하나, 사신각이나 장강수로맹처럼 당연히 보이지 않는 손도 필요한 법이겠지. 녹림의 일은 잘 진행되고 있느냐?"

"예, 총채주 포후가 얼마 전 녹림대제의 아들을 중심으로 끝까지 저항하던 세력을 완전히 무력화시켰습니다. 그 싸움을 끝으로 사실상 녹림은 우리의 손에 떨어진 것이나 다름없습니다."

"고생들했군."

사마용이 흡족한 얼굴로 고개를 끄덕였다.

"한데 녹림대제의 핏줄이 살아 있다고 하지 않았느냐? 녹림대제 유록은 과거의 총채주들과는 다르다. 외부의 눈으로 보자면 어차피 한낱 산적들의 우두머리로 보이겠지만 모래알처럼 흩어져 있던 녹림의 힘을 기존의 거대 문파에 버금갈 정도로 키워낸 능력자. 그를 추종하는 자들이 상당하다. 그런 자의 핏줄이 살아 있다는 것은 자칫 또 다른 분란의 불씨가 될 수도 있을 것이야."

위지허가 조금은 걱정스러운 얼굴로 물었다.

"예, 그 점은 총채주도 충분히 의식하고 있는 것 같습니다. 녹림에서도 최대한 실력 있는 사냥개를 풀어 그녀를 쫓고 있다고 했으니까요. 하니 큰 걱정은 하지 않으셔도 될 것 같습니다."

사마조가 자신만만한 웃음을 지으며 말을 덧붙였다.

"결론적으로 말씀드려 본가가 물길에 이어 산길까지 완벽하게 장악을 했다고 말씀드릴 수 있습니다."

＊　　　＊　　　＊

풍월의 도움으로 절체절명의 위기에서 벗어난 화산파와 군웅들은 종남파로 이동했다.

복귀를 해야 한다는 의견이 소수 있었지만 현재의 전력으론 환사도문과 개천회의 연합을 감당할 여력이 안 된다는 것으로 의견이 모아졌다.

풍월은 그들과 합류하지 않았다.

송엽진인을 필두로 하는 화산파의 수뇌부들과 여전히 관계가 원만하지 않았고, 당령과의 일로 인해 당가와의 사이도 어색해졌다.

당령이 일방적으로 잘못한 것임에도 불구하고 당가의 식솔들은 그녀의 치부를 밝히는 과정에서 당가의 체면이 크게 상했다고 여기는 것 같았다.

또한 무당파를 비롯하여 다른 군웅들과의 관계도 썩 좋지는 않았다.

그들은 풍월이 당령을 너무 몰아붙이는 바람에 그녀가 혈루비와 염왕사를 사용했고 그로 인해 백여 명에 이르는, 너무 많은 이들이 목숨을 잃었다고 여겼다.

낙안봉에서 벌어진 참사의 책임이 당령과 혈루비와 염왕사를 제대로 관리하지 못한 당가가 아닌 자신에게 향하는 것에 무척이나 실망을 한 풍월은 화산과 장문인 청산을 비롯해서 몇몇 명숙들이 잔류해 달라고 요청을 했으나 이를 거절했다.

화산에 남아 있는 도진과 청연에게 돌아간 풍월은 연화봉에서 사흘 정도를 지내다 아쉬운 작별을 고하고 곧바로 남하를 시작했다.

천마동부 앞에서 헤어진 구양봉과 형웅의 안부도 궁금했고, 자신이 죽은 줄 알고 있을 가족들의 걱정도 빨리 덜어줘야 했다. 특히 은혼의 배려로 항주의 외가로 이동한 할머니와 사촌 동생이 잘 지내고 있는지 무척이나 염려가 됐다.

화산을 떠난 지 닷새, 비교적 빠르게 이동을 한 풍월이 대홍산에 도착했다.

대홍산을 넘어 동쪽으로 달리면 무창으로 이어진다.

풍월은 무창에서 배를 타고 장강 하류까지 이동한 후, 항주로 움직일 생각이었다.

풍월이 대흥산 능선을 따라 동남쪽 비익령(飛翼嶺) 인근, 비봉객점에 도착한 것은 중천에 떴던 해가 서산으로 조금씩 기울어질 무렵이었다.

산중에서 객점을 만나는 것은 하늘에서 별을 따는 것만큼 쉽지 않은 일이다. 하나, 비익령은 그 나름대로 대흥산을 넘나드는 상단이나 장사치, 표국, 사냥꾼들이 주로 이용하는 교통의 요지였다. 매일같이 붐비지는 않았지만 굶어죽지 않을 정도의 손님은 늘 있어 왔다.

멀리서 객점의 표시가 있는 것을 본 풍월은 반가운 마음에 한달음에 달려갔다.

잠시 요기나 할까 생각한 조그만 객점에 예상치 못한 인파가 몰려 있었다.

"뭐야? 대체 무슨 일인데 저리 몰려 있는 거지?"

풍월은 객점을 가득 채운 것으로도 부족해 곳곳에 천막을 치거나 나무 그늘에 앉아 쉬는 이들을 바라보며 고개를 갸웃거렸다.

단층 규모에 짐을 풀 방도 서너 개에 불과하고 음식을 먹을 수 있는 탁자도 고작 네 개뿐인 조그만 객점에 화산을 떠나 지금까지 만났던 인원보다 훨씬 많은 이들이 모여 있는 것 같왔다.

먼저 온 손님들 사이를 비집고 들어가 겨우 국수 한 그릇을 얻어낸 풍월은 약간은 덜 삶아진 면발과 제대로 우러나지 않은 육수에 눈살을 찌푸리면서도 허겁지겁 젓가락을 놀렸다.

단숨에 그릇 하나를 비운 풍월이 그늘 아래에서 쉬고 있는 표사들을 향해 다가갔다.

"저, 말씀 좀 여쭙겠습니다."

낯선 자의 접근에 주의를 하던 표사들은 풍월이 조심스러운 태도를 취하자 딱히 적대감을 보이진 않았다.

"말을 여쭙기 전에 입에 있는 것이나 처리하게."

일개 표사보다는 표두 정도로 보이는 사내가 한 발 앞으로 걸어 나오며 자신의 턱을 툭툭 건드렸다.

턱밑에 국수 가락이 붙은 것을 확인한 풍월이 자연스럽게 흡입하며 씨익 웃었다.

"맛은 영 별로였는데 배가 고파서 정신없이 먹었습니다."

"원래 이 집 국수가 맛이 괜찮았는데 워낙 사람이 몰려서 그런지 좀 그러네."

"그러니까요. 이런 조그만 객점에 무슨 사람이 이렇게 몰려 있는 겁니까?"

풍월의 질문에 사내가 한숨부터 내쉬었다.

"몰리고 싶어서 몰렸겠나? 가고 싶어도 갈 수가 없고, 그나마 요기를 할 수 있는 곳이 이곳뿐이니 그런 것이지."

풍월이 쉽게 이해를 하지 못하겠다는 표정을 짓자 사내가 다시 입을 열었다.

"비익령 인근에 산채가 있는 것은 아나?"

"모릅니다."

"봉황채라고 녹림십팔채 휘하의 제법 규모가 큰 산채 하나가 있지. 한데 사흘 전부터 봉황채가 누군가에게 공격을 받고 있는 모양이야. 처음엔 놈들을 토벌하러 온 관군인 줄 알았는데 비익령을 넘다가 겨우 목숨을 부지해서 살아 돌아온 자의 말을 빌리자면, 공격하는 놈들 또한 녹림 놈들 같다고 하더라고. 게다가 이놈들이 봉황채 놈들만 공격하는 것이 아니라 눈에 보이는 모든 이들을 공격하고 있는 모양이야. 피해자가 꽤나 발생했어."

"그렇군요. 그런데 녹림도라도 표국은 잘 건드리지 않을 텐데요."

"천만에. 처음에 간신히 목숨을 건져 왔다는 사람이 바로 상천표국의 표사야. 상천표국이면 그래도 인근에서 손가락에 꼽히는 표국이고 표사들도 제법 실력이 있는데, 이건 뭐 제대로 대항도 하지 못하고 모조리 목숨을 잃었다고 하더라고. 시신들 사이에서 정신을 잃고 있다가 목숨을 건진 건 정말 천운이라고."

사내는 마치 자신이 그 일을 겪기라도 한 듯 두려움에 몸을 떨었다.

"그 이후로 상황이 이렇다네. 아무도 비익령을 넘을 생각을 하지 못하고 있지. 놈들이 워낙 광범위하게 지키고 있어 우회로 역시 엄두도 내지 못하고 있고."

"그렇… 군요."

심각한 표정을 짓고 있는 사내와는 달리 비익령을 중심으로 벌어지는 싸움이 녹림의 영역 다툼, 혹은 서열 다툼이라 판단한 풍월은 전혀 대수롭지 않다는 표정이었다.

사내와 몇 마디 말을 더 주고받은 풍월은 그에게 감사의 인사를 후, 몸을 돌렸다.

풍월이 비익령을 향해 걷기 시작하자 사내가 깜짝 놀라 불렀다.

"자네, 어디 가나?"

"배도 채웠으니 이제 가보려고요."

"가는 건 좋은데 설마 비익령을 넘을 생각인가?"

"예."

풍월의 태연스러운 대답에 사내가 버럭 화를 냈다.

"미친! 지금까지 뭘 들은 건가? 가면 죽어. 산적놈들이 미쳐 날뛰고 있다니까!"

"안 죽어요."

씨익 웃은 풍월이 몇 마디를 덧붙였다.

"내일 아침이면 막혔던 길도 뚫릴 겁니다."

*　　　　*　　　　*

"크악!"

머리부터 발끝까지 피로 얼룩진 중년 사내가 외마디 비명을 지르며 나뒹굴었다. 부러진 칼을 의지해 간신히 몸을 일으켰지만 상대의 위치도 제대로 알아보지 못할 정도로 비틀거렸다.

"전대의 녹풍대주 장충, 과연 대단하군. 그 아이가 어째서 이곳으로 피신을 했는지 이해를 할 만해."

흑면귀가 피가 줄줄 흘러내리는 자신의 팔을 보며 비릿한 미소를 지었다.

"함부로 지껄이지 마라. 더러운 늙은이!"

장충이 부러진 칼을 휘두르며 소리쳤다.

느긋하게 칼을 피한 흑면귀가 장충의 뒤로 돌아가 그의 종아리를 짓밟았다.

우두득!

뼈마디가 부러지는 소리와 함께 장충의 신형이 힘없이 고꾸라졌다.

끔찍한 고통 속에서도 장충은 신음을 토해내는 대신 흑면귀를 향해 칼을 던졌다.

마지막 남은 기운을 짜내 던진 칼이기에 상당한 힘이 실려 있었으나 흑면귀는 느긋하게 칼을 피한 후, 그의 양팔마저 짓밟아 버렸다.

흑면귀가 죽은 듯 미동도 없는 장충의 머리에 발을 올리고 속삭이며 말했다.

"먼저 가서 기다려라. 모조리 보내줄 테니까."

장충의 몸이 움찔하자 흑면귀의 입가에 잔인한 미소가 지어졌다.

퍽!

장충의 머리가 흑면귀의 발 아래서 힘없이 터져 나갔다.

발바닥을 타고 전해지는 느낌, 점점이 번져가는 뇌수를 보며 쾌감 어린 표정을 지은 흑면귀가 잔뜩 흥분해 있는 수하들을 향해 소리쳤다.

"그동안 우리를 귀찮게 했던 놈들이 모조리 뒈졌다. 이제 남은 것은 허수아비들뿐이다. 개미 새끼 한 마리 남기지 말고 마음껏 유린해라. 모든 것을 허락하겠다. 흑정."

"예, 호법님."

얼마 전 새롭게 녹풍대의 대주가 된 흑정이 자신이 처음으로 녹풍대원이 되었을 당시 충성을 바쳤던 장충의 시신을 힐끗 살핀 후 고개를 숙였다.

"그년과 총순찰은 절대 놓쳐선 안 된다. 둘 다 적지 않은 부상을 당했으니 정신만 똑바로 차리면 큰 문제는 없을 것이다."

"알겠습니다."

큰 소리로 대답한 흑정은 앞으로 벌어질 약탈 행위에 잔뜩 기대를 하고 있는 수하들을 이끌고 곧바로 봉황채 안채로 진입했다.

일전의 싸움으로 큰 부상을 당하고 후방으로 물러났던 봉황채 부채주이자 장충을 따라 녹풍대에서 은퇴를 한 마하용이 몇 남지 않은 수하들을 데리고 필사적으로 저항을 했다.

안채가 뚫리면 산채의 여인들과 아이들이 어찌 된다는 것을 알기에 필사적으로 막아섰지만 역부족이었다.

흑면귀는 물론이고 흑정과 그의 수하들 또한 산채의 식솔들과는 비교도 되지 않을 정도로 뛰어난 무위를 지녔다.

애당초 봉황채가 지금껏 버틴 것도 장충과 그를 따라 녹풍대를 은퇴한 이들의 활약 덕분이었다. 그들 모두가 목숨을 잃은 이상 봉황채는 그저 흔하디흔한 산적 무리에 불과한 것이다.

"컥!"

흑정의 공격을 받은 마하용이 가슴을 부여잡고 비틀거렸

다. 그의 움직임을 따라 폭포수처럼 뿜어져 나온 피가 사방을
적셨다.

"마 숙!"

안타까운 외침과 함께 달려온 여인이 마하용을 안았다.

"아, 아가씨… 어째서……."

자신을 안은 여인의 얼굴을 확인한 마하용이 어느새 곁으
로 다가온 사내를 원망스러운 얼굴로 바라보며 말했다.

"병… 신 같으니! 아가씨를 데리고 피했… 어야지."

"뒈지고 싶냐? 부대주, 아니, 녹림의 총순찰한테 병신이라
니."

"씨… 팔 뭔 개… 소리야."

마하용이 숨을 헐떡이며 말했다.

"피하고 싶긴 한데 이미 늦었다. 도망갈 구멍이 있어야 도망
을 치지. 젠장, 완전히 포위당했어. 그렇다고 몸이 멀쩡한 것
도 아니고. 너보다 내가 먼저 죽겠다."

사내, 녹림의 총순찰이자 전대 녹풍대 부대주 황천풍이 마
하용의 곁에 털썩 주저앉았다. 그의 피인지, 아니면 적들의 피
인지 모를 피에 흠뻑 젖은 채였다.

"죄송해요. 저 때문에 두 분께서……."

여인의 눈물에 황천풍이 깜짝 놀라 고개를 저었다.

"아닙니다, 아가씨. 오히려 저희가 죄송합니다. 우리가 조금

만 더 힘을 지녔더라면 저런 더러운 배신자들은 단칼에 베어 버렸을 겁니다. 안 그러냐?"

황천룡이 마하용의 몸을 툭 건드렸다. 아무런 움직임도 대답도 없었다.

"갔… 냐? 제길, 너무 서둘지 말고 조금만 더 기다려. 같이 갈 테니까."

힘겹게 몸을 일으킨 황천룡이 흑정을 향해 검을 겨눴다.

"코 찔찔이 애송이가 많이 컸네."

"내가 큰 게 아니라 당신들이 늙은 거요."

흑정이 비웃음을 흘렸다.

"사십도 안 됐는데 늙었다는 말은 좀 그렇잖아. 아무튼 덤벼봐. 이 몸으로 이긴다는 말은 하지 못하겠고 최소한 팔 하나는 가져갈 테니까."

여전히 비웃음을 흘리고는 있으나 흑정은 그의 말이 결코 허언이 아니라는 것을 알고 있다.

녹림의 총순찰이란 직은 단순히 윗전에 잘 보이고 정치질을 해서 얻을 수 있는 자리는 아니다. 더구나 녹풍대 부대주 시절에 그의 활약을 바로 옆에서 지켜봤기에 그가 얼마나 강한지도 알고 있었다.

그렇다고 겁을 먹지는 않았다.

지금의 황천룡은 이미 흑면귀에게 치명상을 당한 상태였고 자신 역시 과거의 애송이가 아니었다.

황천룡의 검이 움직였다.

자신의 목숨과 흑정의 팔 하나를 바꾸겠다는 장담대로 뒤는 아예 생각하지도 않는 공격이었다.

황천룡이 함께 죽자는, 말 그대로 동귀어진의 초식을 남발하자 흑정도 조금은 당황을 했다.

굳이 받아줄 필요가 없다고 판단한 흑정이 정면 대결을 피했다.

황천룡의 몸 상황상 지금과 같은 공격은 계속 이어질 수가 없는 터. 그저 조금만 기다리면 되는 것을 괜히 맞서다가 팔이 아니라 손가락 하나만 다쳐도 자신의 손해라 여긴 것이다.

몇 번의 공격이 실패로 끝나고 내력이 바닥난 것은 물론이고 숨조차 제대로 쉬기 힘들 정도로 지친 황천룡은 결국 검을 내리고 말았다.

"새끼, 그때나 지금이나 얍삽한 것은 똑같군."

"판단력이 좋은 거요."

지금껏 피하기만 했던 흑정이 실실 웃으며 다가왔다.

황천룡의 한계를 확인한 이상 이제는 정면으로 부딪친다고 해도 생채기 하나 나지 않으리라 확신했다.

"옛정을 생각해서 고통은 없게 보내 드리겠소."

"닥치고 빨리 끝내기나 해."

차갑게 일갈한 황천룡의 시선이 멍하니 마하용의 시신을 안은 채 눈물을 흘리고 있는 여인에게 향했다.

"죄송합니다, 아가씨. 끝까지 지켜 드린다고 했는데 약속을 못 지켰습니다."

황천룡이 최대한 밝게 웃으려 애썼으나 그의 미소는 그 어느 때보다 슬펐다.

"괜찮아요. 황 숙부가 얼마나 애를 썼는지 잘……."

처연하게 웃던 여인의 눈동자가 보름달처럼 커졌다. 짧은 시간, 그녀의 얼굴에 온갖 감정이 나타났다 사라졌다.

황천룡은 그녀의 반응을 보고 죽음을 직감했다.

흑정이 손을 쓴 것이라 여긴 그는 고개도 돌리지 않은 채 가만히 눈을 감고 죽음을 기다렸다.

퍽!

둔탁한 충돌음과 함께 뭔가가 자신의 곁에 처박혔다는 것을 느낀 황천룡이 눈을 떴다.

바로 옆, 흑정이 개구리처럼 사지를 쫙 뻗은 채 자빠져 있었다.

"뭐… 냐, 너?"

황천룡이 어이가 없는 얼굴로 물었다.

연신 입술을 떨고 눈을 부라리는 것이 정신을 잃은 것 같지는 않았는데 딱히 움직이질 못했다.

황천룡은 곧바로 그 이유를 알 수 있었다.

'점혈을 당했다? 누가?'

생각이 이어지기도 전, 낯선 사내의 음성이 들려왔다.

"이걸로 과거의 은원은 없는 것으로 합시다."

눈 깜짝할 사이에 흑정을 제압한 풍월이 황천룡의 몰골을 살피며 혀를 찼다.

"녹림의 총순찰이란 분이 어째 꼴이……."

"……."

황천룡은 자신을 구해준 풍월을 멍하니 바라봤다.

싸가지 없는 말투하며 인상이 어딘지 모르게 낯이 익었다.

"가만, 따지고 보면 은원이랄 것도 없잖아. 애당초 그쪽이 어설픈 수작질을 하다가 당한 거니까. 목숨을 날리려다 봐주기도 했고."

황천룡의 눈동자가 크게 흔들렸다. 인생 최악의 날이 저절로 떠올랐다.

"너, 이 새끼!"

"아직은 멀쩡하네."

피식 웃은 풍월이 그를 지나쳐 아직도 놀란 감정을 추스르지 못하고 있는 여인, 유연청에게 다가갔다.

"괜찮냐?"

유연청이 연속적으로 고개를 끄덕였다.

"꼴이 이게 뭐냐?"

한숨을 내쉰 풍월이 그녀가 여전히 안고 있는 마하용의 시신을 옆으로 치우고 그녀의 부상을 살폈다.

겉으로 드러난 부상은 그리 걱정할 정도는 아니었는데 내상이 무척이나 심각했다. 기경팔맥이 뒤틀리고 길을 잃은 기혈이 전신을 마구 헤집고 다니며 폭주하고 있었다.

"용케 잘 버티고 있네."

풍월이 그녀의 몸에 조심스레 진기를 불어넣으며 폭주하고 있는 기운을 제어하기 시작했다.

"어떻게 된 겁니까?"

유연청이 물었다.

"어떻게 된 건지는 내가 묻고 싶은 말이야. 천마동부에서 살아나온 사람이 당가의 그년밖에 없다는 말을 듣고 혹시라도 네가 잘못된 것은 아닌지 얼마나 걱정했는지 아냐?"

걱정했다는 풍월의 말에 유연청의 볼이 자신도 의식하지 못하는 사이 살짝 붉어졌다.

"죄송합니다. 그때, 천마동부를 빠져나오면서 큰 부상을 당하는 바람에 녹림에 복귀하는 시간이 너무 오래 걸렸습니다. 게다가 당시 개천회의 실체가……"

풍월이 그녀의 말을 잘랐다.

"적에게 당한 거냐?"

"아니요. 동굴 입구가 무너질 때 미처 피하지 못해서 다리를 크게 다쳤습니다."

"아!"

풍월의 입에서 탄식이 터져 나왔다.

당시 동굴을 무너뜨린 사람이 다름 아닌 자신이 아닌가.

"미안하다."

풍월의 사과에 유연청이 황급히 손을 내저었다.

"미안하다니요. 덕분에 살았는데요."

유연청의 표정이 급격히 어두워졌다.

"그런데도 저는 천마동부의 상황을 제대로 알리지 못했습니다. 당가의 악행을 알리는 것은 물론이고 당연히 복수를 해야 한다는 생각은 하고 있었지만 제가 빠져나온 것을 알면 개천회에서 찾아올 것만 같았습니다."

유연청은 목숨을 걸고 자신을 살려준 풍월을 위해 아무것도 하지 못했음을 미안해하며 고개를 들지 못했다.

황천룡이 유연청을 위해 나섰다.

"우리들이 말린 것도 있다. 아가씨의 말을 믿어줄 놈들이 아니거든. 역으로 누명을 쓰기 딱 좋은 상황이기도 하고."

"그 또한 변명일 뿐이지요. 죄송합니다."

유연청이 다시금 머리를 숙였다.

"난 상관없으니까 마음 쓰지 마라. 아, 그리고 복수는 대충 끝났다."

"예?"

"아직 소식이 전해지지 않은 모양인데 당가의 그년 말이야, 당령."

"예."

"얼마 전에 만났거든 화산에서. 나한테 한 짓이 있어서 그런지 나름 열심히 화산파를 돕고 있더라고. 하지만 용서할 수가 없었지. 나한테만 그런 짓을 했으면 화산파를 도운 일도 있고 해서 대충 넘어가겠는데, 이건 뭐 도저히 용서할 수가 없는 죄를 저질러서."

"그녀가 다른 죄를 또 저질렀단 말입니까?"

유연청이 놀라 물었다.

물끄러미 그녀를 바라보던 풍월이 물었다.

"그런데 언제까지 남자 말투를 흉내 낼래?"

"예?"

"네 꼴을 좀 보라고. 그때야 남장을 하느라 그렇다 쳐도 지금은 전혀 아니잖아. 예쁜 아가씨가 남자 말투를 흉내 내니 영 이상하기도 하고 어째 징그럽다."

"아, 그, 그게……."

유연청이 뭐라 대꾸를 하지 못하고 얼굴을 붉히자 풍월이 손을 내저었다.

"아무튼 당령, 그년이 아주 끔찍한 일을 저질렀단 말이지. 내가 천마동부를 탈출할 때는 분명……."

당시 상황을 설명하려던 풍월이 갑자기 입을 다물더니 그녀에게 진기를 불어넣던 행동도 멈추고 자리에서 일어났다.

"죽었다 살아나니 어째 반가운 얼굴을 자주 만나네. 오랜만이오, 산적 나부랭이 영감."

풍월이 반가운 웃음을 지으며 손을 들었다.

그런 풍월을 보는 흑면귀의 얼굴은 흉신악살처럼 험악하게 변해 있었다.

"네놈, 죽었다고 들었는데 아닌가? 어떻게 이곳에 있는 거지?"

흑면귀가 쓰러진 흑정과 어정쩡한 모습으로 주변을 에워싸고 있는 수하들을 둘러보며 물었다.

"죽기를 바란 것 같은데 내 목숨이 좀 질겨서 말이요. 그리고 이곳에 있는 건 음, 운명의 장난이라고나 할까."

풍월이 자신을 조롱한다 여긴 흑면귀의 얼굴에 살기가 일어났다.

당장에라도 능글거리는 면상을 후려치고 싶은 마음이 굴뚝같았지만 참았다.

원한다고 해도 그렇게 할 수가 없었고, 기습을 한다고 해도 당해줄 인간이 아니었다.

치미는 화를 억누르며 애써 마음을 다잡은 흑면귀가 냉정하게 상황을 살폈다.

흑정이 쓰러진 상황에서 풍월을 상대할 수 있는 전력은 자신을 포함해 녹풍대 스물 두 명이 전부다.

많다고 할 수는 없으나 봉황채를 이끄는 수뇌들이 모조리 박살이 났고 남은 자들은 오합지졸에 불과했다. 황천룡과 유연청마저 큰 부상을 당했기에 신경 쓸 이유가 없었다.

결국 상대는 풍월 한 명이었다.

하지만 바로 풍월이기에 함부로 움직일 수가 없었다.

삼 년 전, 나이에 어울리지 않는 엄청난 무공과 기행으로 무림을 발칵 뒤집어 놓았던 괴물이다.

과거의 기억을 잠시 떠올렸다.

황천룡이 녹풍대를 데리고 풍월과 부딪친 적이 있었다. 숫자는 지금보다 적었지만 개개인의 실력은 오히려 그때가 나았다.

흑면귀가 황천룡을 힐끗 바라보았다.

'모조리 병신이 되었지. 기절한 저놈은 아예 하루 동안 깨어나지도 못했고. 혼자서는 무리다. 약 호법만 있어도 어찌 해볼 만할 텐데.'

흑면귀는 퇴로를 차단하러 움직인 약대온을 떠올리며 입술을 지그시 깨물었다. 녹풍대를 데리고 풍월을 공격해야 할지 판단이 서지 않았다.

'일단 물러난다.'

혼자서는 도저히 풍월을 감당할 수 없다고 판단한 흑면귀가 살기를 풀고는 한 걸음 물러났다.

흑면귀의 움직임을 따라 포위망을 구축하고 있던 녹풍대원들도 조금씩 물러났다.

"오랜만에 만났는데 그냥 가려는 거요?"

풍월이 조롱하듯 물었다.

흑면귀는 풍월의 도발에도 별다른 반응을 하지 않고 황천룡과 그의 부상을 살피고 있는 유연청을 향해 누런 이를 드러냈다.

"운이 좋은 줄 알아라."

황천룡이 고개를 쳐들었다.

"운? 지랄한다. 개뼈다귀 같은 늙은이가 어디서 함부로 지껄여."

유연청의 손길을 뿌리치고 벌떡 일어난 황천룡이 흑면귀를 향해 검을 흔들며 소리쳤다.

"주둥이 함부로 놀리지 말고 덤벼봐! 그 더러운 면상에 예쁜 그림 하나 그려줄 테니까."

흑면귀는 황천룡의 도발에 가소롭다는 미소를 지었다.

"호가호위(狐假虎威—여우가 호랑이의 힘을 빌려 위세를 떤다)하는 꼴이 우습구나. 손가락으로만 눌러도 찍소리도 못 하고 뒈질 벌레만도 못한 녀석이."

황천룡의 도발을 오히려 조롱으로 되갚아준 흑면귀가 유연청을 잠시 노려본 후 바로 몸을 돌렸다.

"철수한다."

흑면귀의 외침이 그의 수하들에게 전달되기도 전, 풍월의 신형이 그의 앞을 가로막았다.

"그냥 가면 섭하지, 산적 영감."

흑면귀가 움찔하며 물었다.

"피를 보겠다는 거냐?"

"염치도 없네. 이미 볼 만큼 본 영감이 그런 말을 한다는 것이 어째 이상하지 않아? 그리고 예전에는 그냥 보내줬지만 지금은 그럴 수가 없단 말이지."

풍월이 황천룡과 유연청을 바라보며 말을 이었다.

"상황이 어찌 돌아가는지는 정확히 모르지만 대충 짐작은 가. 내가 알기론 저 아이는 녹림대제의 핏줄이야. 그리고 저치는 녹림의 총순찰이고."

풍월이 자신을 가리키자 황천룡의 미간이 씰룩거렸다.

"녹림대제의 핏줄과 총순찰이 저 꼴로 도망을 치는데 뒤를 쫓는 산적 영감은 녹림의 호법이었지 아마."

풍월이 확인을 바라는 눈빛을 보내자 황천룡이 코웃음을

치며 말했다.

"녹림의 호법이 맞다. 녹림의 법을 세우고 보호하란 의미로 자리에 앉혔더니 오히려 배반을 했다는 것이 문제지만."

풍월이 한숨을 내쉬었다.

"역시 배반이 맞는 모양이네. 이봐요, 산적 영감. 내가 다른 건 몰라도 뒤통수치는 인간들, 배반하는 위인들만 보면 아주 이가 갈려. 겪어보니까 그것만큼 짜증 나고, 원통하고, 화가 나고, 미치도록 복장 터지는 일도 없더라고."

풍월의 목소리가 점점 고조되고 그의 전신에서 무시무시한 기운이 뿜어져 나오기 시작하자 싸움을 피할 수 없다고 판단한 흑면귀가 곧바로 공격을 감행했다.

"그런 인간의 공통적인 특징이 아주 비겁하다는 거지."

차갑게 비웃은 풍월이 흑면귀의 검을 합장하듯 낚아채더니 그대로 분질러 버렸다.

명검까지는 아니어도 제대로 정련된 검이 그렇듯 쉽게 부러질 줄 예상치 못한 흑면귀가 낭패란 표정을 지으면서도 땅에 떨어지는 검날을 걷어찼다.

부러진 검날이 풍월의 단전을 노리며 짓쳐들었다.

하지만 천마탄강에 막힌 검날은 날아온 속도보다 배는 빠르게 튕겨져 나갔다.

"큭!"

자신이 걷어찬 검날에 허벅지가 꿰뚫린 흑면귀가 비틀거리며 신음을 내뱉었다.

풍월이 무표정한 얼굴로 흑면귀를 향해 다가갈 때였다.

"죽어랏!"

쇳소리가 잔뜩 섞인 외침과 더불어 일반 칼보다 족히 두 배는 됨직한 칼이 무시무시한 기세로 풍월의 정수리를 내리찍었다.

퇴로를 차단하러 움직였던 약대온이었다.

약대온을 발견한 흑면귀의 얼굴이 환해졌다.

자신이 부상을 당하기 전에 돌아왔으면 더 좋았을 것이란 아쉬움이 있기는 했지만, 당장 목숨을 보존하게 된 것만으로도 충분했다.

풍월이 어느새 손에 쥔 묵뢰를 꺼내 위에서 떨어지는 칼을 향해 뻗었다.

하지만 만반의 준비를 갖춘 것이 아니라 갑작스러운 공격에 허겁지겁 방어를 하는 모양새였다.

더구나 약대온의 도법은 강맹한 힘을 바탕으로 상대를 압살하기로 유명한 것. 약대온의 실력을 익히 보아온 녹풍대원들은 이번 일격에 풍월이 치명상을 당할 것이라 예상했다.

그들의 예측을 깨고 결과는 정반대로 나타났다.

자신의 칼이 풍월의 묵뢰와 부딪치는 순간, 약대온은 칼을 타고 전해지는 엄청난 반탄력에 정신이 아득해졌다.

두꺼웠던 칼날이 산산조각이 나고 칼을 쥐었던 손의 아귀는 갈가리 찢겨져 나갔으며, 손목과 팔뚝마저 뚝뚝 부러져 버렸다.

힘의 여파를 감당하지 못한 약대온이 손잡이만 남은 칼을 힘없이 놓친 채 연신 뒷걸음질했다.

단 한 번의 충돌에서 벌어진, 그것도 약대온의 일방적인 공격을 막는 과정에서 벌어진 결과였다.

다들 경악한 눈으로 풍월을 바라볼 때, 풍월의 신형이 바람처럼 움직이며 약대온에게 따라붙었다.

이미 무장해제가 된 약대온에게 굳이 묵뢰를 휘두를 이유도 없었다.

풍월의 손이 움직였다.

산화무영수가 약대온의 전신의 요혈을 노리며 날아들었다.

기겁한 약대온이 필사적으로 몸을 피하려 하였으나 풍월의 빠른 움직임은 그가 미처 몸을 틀기도 전에 이미 그 앞을 막고 있었다.

퍼퍼퍽!

마치 가죽을 때리는 듯한 소리와 함께 약대온의 몸이 크게 휘청거렸다.

약대온은 정신이 아득해지는 것을 느끼면서 어떻게든 공격에서 벗어나 보려고 발버둥 쳤으나 풍월의 손속은 조금의 인정도 없이 무자비하게 그를 두드렸다.

우두둑!

뼈가 부러지는 소리와 함께 약대온의 몸이 붕 떴다가 흑면귀의 발 아래로 곤두박질쳤다.

흑면귀는 그야말로 눈 깜짝할 사이에 처참하게 뭉개진 약대온을 보곤 자신이 얼마나 어처구니없는 오판을 했는지 깨달았다.

풍월은 자신과 약대온의 합공 따위로 감당할 수 있는 상대가 아니었다. 그저 뒤도 돌아보지 않고 도망을 쳐야 그나마 목숨을 보존할 가능성이 있었다.

흑면귀가 부러진 검을 치켜들며 소리쳤다.

"공격해라. 놈을 죽엿!"

명이 떨어지자 포위를 하고 있던 녹풍대원들이 풍월을 향해 달려들었다.

그들 역시 풍월의 무시무시한 실력을 보았으나 그럼에도 불구하고 흑면귀의 명을 거역하지 못했다.

명을 거역했을 때 돌아올 혹독한 처벌도 두려웠고, 다수의 힘으로 공격을 하면 혹시라도 쓰러뜨릴 가능성이 있지는 않을까 하는 희망이 있었기 때문이었다.

그 희망이 절망으로 바뀌는 것은 그야말로 순식간이었다.

비릿한 미소를 지은 풍월이 자신을 향해 달려오는 녹풍대를 향해 묵뢰를 휘둘렀다.

묵뢰에서 흘러나온 폭풍과 우레 소리가 주변을 휘감는가 싶더니 가장 선두에서 풍월을 공격하던 녹풍대원 다섯이 낙엽처럼 쓸려갔다.

비명도 없었다.

단 한 번의 공격에 온몸이 어육처럼 변해 쓰러진 동료의 모습에 녹풍대원들 모두가 그 자리에서 얼어붙었다.

희망 따위는 없었다. 눈앞의 상대는 단순히 숫자로 밀어붙일 수 있는 상대가 아니라는 것을 깨달은 것이다.

"무기를 버리고 꿇어라. 목숨은 살려준다."

풍월의 경고에 녹풍대원들은 너나 할 것 없이 황급히 무기를 버리고 무릎을 꿇었다.

"뭐해! 늙은이가 도망친다."

황천룡이 수하들을 미끼로 던지고 도주하고 있는 흑면귀를 가리키며 소리쳤다.

허벅지에 큰 부상을 당했음에도 그 흔적을 전혀 느낄 수 없을 정도로 빠른 속도로 달리고 있었다.

풍월은 주저 없이 묵뢰를 날렸다.

묵뢰로 부족했는지 묵운까지 던졌다.

섬전처럼 날아간 묵뢰와 그 뒤를 조용히 따라붙은 묵운.

날카로운 파공성에 온 대기가 흔들렸다.

뒤쪽에서 짓쳐드는 두 자루의 칼과 검을 확인한 흑면귀의 얼굴이 처참하게 일그러졌다.

"으아아아아!"

괴성을 지르며 미친 듯이 검을 흔들고 손을 휘저으며 최후의 발악을 했다.

퍽! 퍽!

단전을 노렸던 묵뢰, 심장을 노렸던 묵운이 갑자기 방향을 바꿔 양 허벅지를 꿰뚫어 버렸다.

허벅지를 관통한 묵뢰와 묵운의 날이 땅에 박히며 흑면귀를 움직이지 못하도록 구속했다.

"끄아아아아!"

흑면귀의 비명이 대홍산을 뒤흔들었다.

비록 적이라지만 녹림에서도 손꼽히는 고수였던 흑면귀가 변변한 대응도 하지 못하고 끔찍한 꼴로 박살이 나는 것을 본 황천룡은 두려운 표정을 숨기지 못했다.

자신도 모르게 침을 꿀꺽 삼키며 행여라도 풍월과 시선을 마주칠까 슬며시 고개를 돌렸다.

"내가 끝낼 수도 있지만, 아무래도 마무리는 네가 해야 할 것 같아서."

풍월이 유연청을 향해 말했다.

"정말 고맙습······."

"또!"

"아, 고마워요."

유연청이 풍월의 지적에 황급히 말투를 바꿨다.

"가봐."

피식 웃은 풍월이 턱짓으로 흑면귀를 가리켰다.

고개를 끄덕인 유연청이 황천룡이 들고 있던 검을 건네받고는 묵뢰와 묵운에 의해 꼬치처럼 꿰인 채 옴짝달싹하지 못하고 있는 흑면귀를 향해 걸어갔다.

자신을 향해 다가오는 유연청의 모습에 흑면귀의 발버둥은 더욱 거세졌지만 별 의미는 없었다.

묵운과 묵뢰는 단순히 그의 허벅지만 관통한 것이 아니었다.

죽음에 대한 공포, 양 허벅지에서 전해지는 통증 때문에 미쳐 느끼지 못하고 있었지만 흑면귀의 내력은 이미 모래알처럼 흩어진 상태였다.

유연청의 걸음이 멈췄다.

그녀의 눈에 온갖 살육을 일삼으며 광소를 내뱉던 흑면귀가 아니라, 자신의 죄를 뉘우칠 생각도 없이 어떻게든지 살아보겠다고 발버둥치는 벌레 한 마리가 들어왔다.

벌레 따위에게 허무하게 목숨을 잃은 핏줄과 동료, 수하들의 모습이 주마등처럼 스쳐 지나갔다.

'고작 이따위에게……'

역겨웠다. 가슴 밑에서 뭔가가 울컥 치밀어 올랐다.

"살려……."

최대한 불쌍한 표정을 지으며 목숨을 구걸하던 흑면귀의 목이 허공으로 치솟았다.

풍월이 조금의 망설임도 없이 흑면귀의 목을 날리는 단호함에 놀라는 사이 흑면귀의 심장에 검을 박은 유연청이 힘없이 무릎을 꿇었다.

어깨가 들썩이는 것을 본 풍월이 유연청에게 다가가려 하자 황천룡이 그의 팔을 잡았다.

"때로는 위로보다 모른 척해주는 것이 나을 때도 있다."

유연청을 힐끗 살핀 풍월이 순순히 고개를 끄덕였다.

크게 동의하기는 어려웠지만 왠지 그렇게 해야 할 것 같은 생각이 들었기 때문이다.

제57장

새로운 길

"이거, 화끈하네."

목을 타고 넘어갈 땐 한없이 부드러웠다가 한순간 혹 치고 올라오는 뜨거운 느낌에 풍월이 감탄을 금치 못했다. 지금껏 마신 술 중 향기롭고 맛이 좋은 술은 많이 있었지만, 이처럼 강렬함을 주는 술은 없었던 것 같았다.

"죽엽청 맞습니까? 지금껏 마셔온 죽엽청과는 조금 다른데요."

봉황채의 수뇌들이 모조리 목숨을 잃은 지금, 사실상 봉황채의 채주가 된 전대 녹풍대주 장충을 따라온 대원 중 유일하게 생존한 구건조는 순식간에 두 병의 죽엽청을 비우고서도 부족해 재차 술잔을 내미는 풍월을 보며 환하게 웃었다.

"산채에 있는 아낙들이 담갔는데 딱히 특별한 비법이 있는 것인지는 모르겠습니다."

"특별한 비법이 있는 것인지는 모르겠지만 맛 하나만큼은 분명히 특별합니다."

"감사합니다."

생명의 은인이라 할 수 있는 풍월이 변변찮은 대접에도 불구하고 크게 만족해하자 구건조는 고개를 숙였다.

"그만하려고?"

풍월이 가만히 술잔을 내려놓는 유연청에게 물었다.

"예, 독하네요."

유연청이 볼을 쓰다듬으며 말했다. 아닌 게 아니라 얼굴이 발그레해진 것이 조금 취한 것 같기도 했다.

"그러든가. 황 순찰도 그만 마시려는 거요?"

유연청에 이어 황천룡까지 술잔을 내려놓자 풍월의 얼굴이 살짝 찡그려졌다.

"지금까지 마신 것도 무리다. 이만한 상처를 가지고 술이라니 내가 미쳤지."

황천룡이 붕대로 친친 감긴 자신의 모습을 보고 자책했다.

상처와 술은 그야말로 상극이다. 치료가 더딘 것은 물론이고 악화시키는 주범이다. 하지만 자꾸만 술잔을 힐끗거리는 것이 그 역시 지금껏 맛보지 못한 죽엽청을 외면하기는 몹시도 힘든 모양이었다.

"안 돼요, 황 숙부."

유연청이 자신도 모르게 손을 뻗는 황천룡의 팔을 잡으며 고개를 저었다.

"죄송합니다, 아가씨."

황천룡이 민망함을 감추지 못하고 고개를 숙였다.

"채주님도 그만입니까?"

풍월의 물음에 구건조에게 물었다.

"채주가 아니라 당주입니다. 그리고 저는 괜찮습니다."

구건조가 웃으며 술잔을 내밀었다.

본능적으로 술을 따르려던 풍월이 그의 팔에 감긴 붕대를 보곤 멈칫했다. 곳곳에 감긴 붕대를 보면 황천룡만큼은 아니어도 그 역시 상당한 부상을 당한 것이 틀림없었다.

"채… 아, 당주님이라고 했지요. 아무튼 당주님도 그만 드시는 게 좋겠습니다. 술이라는 것이 함께 마셔야 그 맛이나 즐거움이 배가 되기는 하지만, 이런 술은 자작도 나쁘지는 않을 것 같네요."

구건조가 내미는 술잔을 빼앗듯이 내려놓은 풍월이 자신의 잔에 술을 따르다 멈추더니 아예 병째 들이켰다.

"크으, 좋다."

몸을 부르르 떨며 여운을 느낀 풍월이 기름기를 완전히 뺀 닭다리 하나를 집어 들더니 물수건으로 볼을 닦고 있는 유연청에게 말했다.

"안주 삼아 네 얘기나 좀 들어보자. 네가 이 꼴로 쫓기고 흑면귀 영감이 날뛰는 것을 보니, 반역 맞지?"

"예."

"어찌 된 거야? 녹림대제는 우리 할아버지들께서도 인정하신 분인데."

순간, 유연청의 얼굴에 슬픔이 가득 맺혔다.

"하기 힘들면 관두고."

"아니요. 이제는 괜찮아요."

애써 밝은 표정을 지어 보인 유연청이 그간 벌어진 일을 담담히 설명했다.

반란은 녹림대제의 칠순을 축하하는 잔칫날 벌어졌다.

녹림십팔채 중 열두 곳이 배반을 했고, 그들이 몰래 숨겨온 병력이 녹림의 총단을 급습했다.

하지만 애당초 녹림의 힘은 총단의 힘이 절대적이라 해도 과언이 아니었다.

삼분지 이가 넘는 산채가 배반을 했지만 녹림대제가 건재하고 녹림대제가 심혈을 기울여 키워낸 녹풍대의 힘이라면 반란 따위는 가볍게 눌러 버릴 수 있었다.

문제는 녹림대제의 칼이 되어야 할 녹풍대가 오히려 반란군에 합류하여 녹림대제에게 칼을 겨눴다는 것에 있었다.

"쯧쯧, 다들 난리네. 패천마궁도 흑귀대와 적귀대가 배반을 했다고 하더니만, 녹림도 그 꼴일세. 수족들에게 뒤통수를 아주 제대로 맞았어."

혀를 차던 풍월이 유연청의 눈꼬리가 슬쩍 치켜 올라가는 것을 보곤 재빨리 고개를 돌렸다.

"하지만 녹풍대 모두가 배반한 것은 아니었어요. 그들 내부에서도 충돌이 일어났고 싸움은 혼전 양상으로 흘렀어요. 특히 할아버지의 막강한 실력은 수적인 열세를 뒤집고도 남았습니다. 그들이 등장하기 전까지는."

유연청의 음성에서 깊은 분노를 느낀 풍월이 장난기를 지우고 차분히 물었다.

"그들이 누구지?"

"개천회요. 천마동부에서 군웅들을 공격했던 자들이 나타나 반역자들을 도왔어요."

개천회란 이름을 듣고도 풍월은 크게 놀라지 않았다.

녹림에 반란이 일어났다는 말을 들었을 때부터 어렴풋이 개천회를 떠올리고 있었기 때문이다.

"반란의 배후에 개천회가 있었다는 말이네."

"예, 특히 할아버지를 쓰러뜨린 노인은 풍 공자님도 알고 있는 사람이에요."

"내가?"

풍월이 고개를 갸웃거리며 반문했다.

"예, 천마동부 앞에서 풍 공자에게 패배를 안겨준……."

"위지 영감!"

풍월이 놀라 소리쳤다.

"정확히 이름은 몰라요. 하지만 당시 풍 공자와 싸우던 그의 얼굴과 무공은 똑똑히 기억하고 있지요. 여섯 자루의 칼을 자유자재로 움직이며……."

유연청은 당시의 상황을 떠올리며 입술을 꼬옥 깨물었다.

"지금껏 그 누구에게도 지지 않을 것이라 생각할 정도로 할아버지는 강했어요. 그렇지만 그 노인은……."

"훨씬 더 강했겠지. 당연하잖아. 육도마존의 무공인 것을."

"결국 할아버지는 그 노인에게 목숨을 잃으셨어요. 할아버지를 도우려던 아버지까지."

"음."

풍월은 부친의 죽음을 언급하는 유연청의 눈가에 살짝 물기가 맺혀 있다는 것을 확인하곤 나직이 탄식했다.

안타까운 눈빛으로 유연청을 바라보던 황천룡이 그녀를 대신해 말을 이었다.

"총채주님께서 목숨을 잃으신 후, 전세는 급격하게 기울었다. 우린 곧바로 탈출을 감행했지만 결코 쉽지 않은 일이었지. 포위망이 어찌나 견고한지 모조리 목숨을 잃을 수도 있다고 생각할 정도였으니까. 그러나 하늘이 우리를 돕고 있었다. 결정적인 순간에 나타난 조력자 덕분에 생각보다 많은 이들이 탈출에 성공할 수 있었다."

"조력자요?"

풍월이 깜짝 놀란 얼굴로 물었다.

개천회의 포위망을 뚫고 녹림도를 구해낼 정도의 실력자가 누굴까 무척이나 궁금해하는 얼굴이었다.

"초연, 바로 그녀였어요."

풍월의 몸이 순간적으로 움찔했다.

화평연의 비무대회가 끝나자마자 종적을 감춘 그녀의 소식을 갑자기 듣게 될 줄은 전혀 생각하지 못했기 때문이었다.

"그녀 덕분에 포위망을 뚫고 탈출에 성공할 수 있었어요. 정말 강하더군요. 특히 위지……."

"위지허."

"예, 위지허. 그와 싸울 때 보여줬던 실력은 과거의 그 실력이 아니었어요."

"누가 이겼지?"

"딱히 결판은 나지 않았지만 계속 싸웠다면 초연, 그녀가 이겼을 것 같아요."

과거 화평연의 비무대회에서 그녀에게 패배를 안겼던 풍월은 그녀가 위지허와 호각으로 싸웠다는 말에 삼 년이라는 시간 동안 그녀 역시 각고의 노력을 했다는 걸 느낄 수 있었다.

이후에도 유연청과 황천룡의 설명은 계속됐다.

탈출에 성공한 이후, 유연청의 백부 유근을 중심으로 배반자들과 근 일 년 가까이 얼마나 치열하게 싸웠는지, 얼마나 많은 이들의 희생이 있었는지를 차분하면서도 울분에 찬 표정과 목소리로 말했다.

"결국 모두가 적의 손에 쓰러지고 말았어요. 이제는 남은 사람도 없네요."

유연청이 슬프게 웃으며 설명을 끝냈다.

황천룡은 그녀를 중심으로 다시금 병력을 모아 싸워야 한다며, 반드시 녹림을 되찾아야 한다며 열변을 토했다. 하지만 어찌 된 일인지 유연청은 별다른 반응을 보이지 않았다.

풍월은 그녀가 오랜 싸움으로 인해 몸과 마음이 극도로 지쳐 있다고 여겼다. 더불어 복수 자체에 회의를 느끼는 것은 아닌지 조금은 의심스러웠다.

*　　　　*　　　　*

"루주님."

강와의 부름에 두 눈을 감고 깊은 생각에 잠겨 있던 형웅이 천천히 눈을 떴다.

"모두 모였습니다."

"음."

고개를 돌려보니 이십여 쌍의 눈동자가 자신을 향해 있었다.

수뇌 회의가 아니다. 지금은 그들이 매혼루의 전체 인원이었다.

천마동부에서 탈출에 성공한 후, 매혼루가 사신각과 개천회의 야습으로 인해 몰살에 가까운 피해를 당한 것을 알고 복귀를 한 것이 벌써 삼 년.

충분히 적응이 되었다고 여겼는데 오늘따라 유난히 가슴이 쓰렸다.

"다들 들었는지 모르겠지만 형님이 돌아왔다."

형웅이 사신각과의 싸움에서 한쪽 눈마저 잃어 완전히 장님이 된 태상장로 염쾌를 향해 웃으며 말을 이었다.

"모두가 형님의 죽음을 당연시했지만 나는 믿고 있었다. 반드시 돌아오실 거라고. 조금 시간이 걸리기는 했지만 내 믿음대로 형님은 돌아오셨고, 환사도문과 개천회의 마수에서 화산파를 구해내셨다. 지금 무림에 떠도는 소문에는 형님의 실력이 과거와는 비교도 되지 않을 정도로 향상되었다고 한다. 만약 그 소문이 사실이라면 한 가지 가설을 세울 수 있겠지. 뭐라고 생각하나?"

잠깐의 침묵 끝에 강와가 입을 열었다.

"풍 공자가 천마의 무공을 얻었다고 생각하시는 겁니까?"

천마의 무공이란 말에 좌중이 웅성거리기 시작했다.

"그랬으면 좋겠다는 희망 사항이다. 하지만 충분히 기대하고 있다. 형님이 삼 년이란 시간 동안 실종이 되었다 돌아왔다면 그만한 이유가 있을 테니까."

말은 그리해도 확신에 가까운 표정이었다.

"이제 복수를 시작할 때가 된 것 같다."

복수라는 말에 모두의 눈에서 불꽃이 튀었다.

"하지만 우리의 힘으론 무리다. 사신각 놈들이라면 모를까 개천회가 개입된 이상 지난번처럼 어설픈 복수심으로 달려들었다간 낭패를 면키 힘들다. 놈들의 정보력은 우리의 상상을 초월할 정도니까."

형응의 말에 몇몇 사람들이 고개를 숙였다.

사신각 각주의 동선을 입수한 뒤 제대로 보고도 하지 않고 공격했다가 오히려 역공을 당해 겨우 목숨을 건진 자들이었다. 그 작전의 실패로 가뜩이나 위축된 매혼루가 또 한 번 휘청거리게 되었다.

"풍 공자님을 이용하실 생각입니까?"

강와가 물었다.

"이용이 아니다. 아니, 이용이 맞을지도 모르겠네."

형웅이 어깨를 으쓱거리며 말했다.

"뭐, 상관없잖아. 동생이 형님 좀 이용하자는데. 그리고 솔직히 이용이 아니라 상부상조지. 형님도 개천회와 부딪칠 수밖에 없으니까. 우리가 손발이 되어 도와주면 서로가 좋잖아. 강와."

"예, 루주님."

"형님을 찾을 수 있을까?"

"가능할 것 같습니다."

사신각과 개천회의 공격으로 매혼루의 본진은 괴멸에 가까운 피해를 당했지만 무림에 퍼져 있는 정보망만큼은 큰 타격을 받지 않았다.

사신각과 개천회의 계속되는 위협 속에서 그나마 지금까지 버틸 수 있었던 것은 바로 그 정보망 덕분이라 해도 과언은 아니었다.

"최대한 빨리 찾아. 참, 화산파 사람들과 헤어진 것은 분명한 거야? 설마 소문은 아니겠지?"

"예, 그건 확실합니다. 분위기가 꽤나 좋지 않았다고 합니다."

"옛날에도 그랬잖아. 형님하고 화산하고는 뭔가 그럴듯하면서도 맞지 않는 것 같단 말이지."

혀를 찬 형웅이 풍월의 얼굴을 떠올리며 미소를 지었다.

어디에선가 억울함을 참지 못하고 괜스레 툴툴거리고 있을 것 같았다.

*　　　　*　　　　*

톡톡톡.

사마조가 규칙적으로 탁자를 두드렸다.

뭐가 그리 마음에 들지 않는지 연신 고개를 갸웃거리고 눈살을 찌푸렸다.

"하아!"

땅이 꺼져라 한숨까지 내쉬자 때마침 방으로 들어서던 위지허가 그 모습을 보곤 너털웃음을 흘렸다.

"허허! 젊은 녀석이 무슨 한숨을 그리 깊게 쉬느냐?"

"오셨습니까?"

사마조가 벌떡 일어나 허리를 숙였다.

"골치 아픈 일이라도 생긴 것이냐?"

"그게… 아닙니다."

사마조가 머뭇거리며 고개를 저었다.

"왜 말을 꺼내다 마느냐? 어서 말을 해보아라. 무슨 일이기에 그리 고민을 하는 게냐?"

위지허가 탁자 위에 놓여 있던 찻잔을 들으며 물었다.

"일전에 할아버지께서 천마의 무공을 회수할 방법을 찾으라 하신 적이 있습니다. 기억하십니까?"

"천마의 무공? 아, 기억난다. 그랬지."

고개를 끄덕이던 위지허가 어이없다는 얼굴로 말했다.

"설마 그 일로 이리 고민을 하는 것이냐? 그저 지나가는 말로 던진 것뿐인데."

"대장로님이야 그렇게 들으셨는지 몰라도 저는 아닙니다."

"허허! 그래, 그럴 수도 있겠다. 한데 방법이 없는 모양이구나. 하긴, 쉬울 리가 없겠지. 내놓으라고 순순히 내놓을 리도 없고."

별다른 생각 없이 툭툭 내뱉는 것이 위지허는 사마조의 고민을 여전히 대수롭지 않게 생각하는 것 같았다.

"가장 좋은 방법은 그놈을 힘으로 제압하여 양도를 받는 것입니다만……."

"애당초 불가능한 얘기는 하지 말고. 노부도 감당할 자신이 없는 놈을 어찌 제압하려고. 설사 제압한다고 해도 그 피해는 어찌 감당할 것이며 천마의 무공을 얻는다는 보장도 없을 게다."

위지허의 회의적인 반응에 사마조가 쓴웃음을 지었다.

"예, 해서 제일 먼저 제외했습니다."

"다른 방법은 무엇이냐?"

위지허가 조금은 흥미로운 표정으로 물었다.

"주변을 공략하는 방법입니다."

"주변을? 놈과 화산파와의 불화는 예전부터 유명하다."

"화산파가 아니라 그와 개인적인 친분을 지닌 자들을 공략하는 방법입니다. 가령 개방의 후개나 제갈세가, 철산도문……."

"철산도문은 의미 없고. 흠, 개방의 후개와는 의형제 사이니 가능성이 조금 있겠구나. 제갈세가와도 제법 인연이 있는 것 같고. 하지만 그런다 해도 과연 성공할 수 있을지는 모르겠다. 당장 개방의 후개나 제갈세가를 공략하는 문제도 쉽지 않을 테니까."

사마조 역시 현실성이 떨어진다는 생각을 하고 있었기에 별다른 반박을 하지 않았다. 그의 표정을 가만히 살피던 위지허가 의미심장한 웃음을 지으며 말했다.

"자, 뜸들이지 말고 진짜 패를 꺼내 보아라. 누구를 공략하려는 것……."

위지허가 갑자기 말끝을 흐렸다. 뭔가를 짐작한 것인지 표정도 딱딱하게 굳었다.

"가족이냐?"

"……."

"역시 그렇구나."

"가장 확실하면서도 효과가 좋은 방법이니까요."

"효과가 좋다는 것을 바꿔 말하면 가장 위험한 방법이란 말도 된다. 특히나 풍월 같은 고수를 상대로는 최악의 수일 수도 있고."

위지허는 사마조의 계획에 극히 부정적이었다. 심지어 화를 내는 것 같기도 했다.

"어차피 우리와는 양립할 수 없습니다. 언젠가는 반드시 쓰러뜨려야 하는 적입니다."

"적이라도 지켜야 할 선이 있는 법이다."

위지허가 한숨을 내쉬며 말을 이었다.

"녀석을 쓰러뜨리는 것과 가족을 건드리는 것은 별개로 생각해야 하는 문제란 말이다."

"적의 사정까지 고려할 필요는 없다고 봅니다. 힘이 약하면 당사자는 물론이고 가문, 문파가 멸문지화를 당하는 것은 무림에서도 흔한 일입니다."

"맞다. 흔한 일이지. 문제는 놈이 힘이 있다는 것이야. 당가와 추 장로 사이에 벌어진 일을 잊었느냐?"

"예?"

"추 장로가 강한 것은 맞다. 어린 나이에 무림십대고수에 오를 정도로 대단한 인물이지. 하지만 당가의 힘, 저력은 추 장로와는 비교가 되지 않았다. 그럼에도 불구하고 당가는 엄청난 피해를 보았다. 단 한 사람에게. 그 일이 어찌 가능했다고 보느냐?"

"……."

"천마의 무공은 차치하고서라도 노부와 자웅을 겨룬 녀석이다. 그런 놈이 가족을 잃고 복수심에 눈이 돌아가면 어떤 일이 벌어질 것 같으냐? 작심을 하고 정면 대결을 피한 채 우리가 아니라 힘없는 식솔들, 아낙네나 아이들을 노린다면 어떤 참사가 벌어질지 상상이나 되느냐? 대응할 방법도 없다."

"하지만 놈은 아직 우리의 정체를 모릅니다. 그전에 제거를 하면……."

사마조의 말 같지도 않는 변명에 위지허가 노기를 드러냈다.

"영원한 비밀은 없는 법. 이미 세상에 우리의 모습을 드러나기 시작했다. 어째서 최악의 경우를 생각하지 않는 것이냐?"

위지허의 호통에 사마조는 입을 다물었다.

"쯧쯧, 명색이 개천회의 머리라는 녀석이 그리 단순히 생각을 해서야……."

위지허가 말을 뚝 끊었다.

뭔가가 이상했다.

자신이 아는 사마조는 무척이나 치밀한 인물이다.

단순한 일도 열 번, 백 번 고민을 하고 너무 복잡하게 생각해서 오히려 답답하다는 말을 들을 정도다.

그런 사마조가 풍월의 가족을 잘못 건드렸을 때 돌아올 후폭풍을 모른다는 것은 말이 되지 않았다.

"너, 설마 벌써 시작한 것이냐?"

위지허가 잔뜩 격앙된 표정으로 물었다.

"예."

사마조가 힘없이 대답했다.

"멍청한! 어째 이상하다 싶었다. 언제, 누구를 보낸 것이냐?"

"사신각의 살수들을 보냈습니다. 절대 피를 보지는 말고 그저 구금만 하라고 단단히 당부를 해두었습니다."

"그걸 말이라고! 설마 놈과의 협상도 사신각에 맡긴 것이냐?"

"아닙니다. 협상은 고모부께서 하실 겁니다."

"고모부? 하면 무상이 직접 움직였단 말이구나."

"예, 항주로 직접 이동 중이십니다."

그나마 다행이란 생각이 들었다.

무상 검우령은 뛰어난 무공도 무공이지만 그에 못지않은 지

략을 지녔고 몹시 신중한 인물이었다. 가족을 인질로 잡는 순간 이미 돌이킬 수 없는 상황이 된 것이기는 하나 그래도 검우령이라면 최악의 상황까지는 만들지 않으리라 믿었다.

"무상까지 움직였다면 아주 작심을 했구나. 후! 너같이 침착한 녀석이 대체 어쩌자고 이리 성급하게 일을 벌였단 말이냐?"

"저도 답답합니다. 하지만 어쩝니까? 할아버님의 의지가 이토록 강하신데."

사마조가 씁쓸하게 웃으며 말했다.

"회주께서?"

위지허가 깜짝 놀라 되물었다.

"예, 그냥 지나가신 말씀으로 하신 것이 아닙니다. 저를 따로 불러 다시 한번 명을 내리셨으니까요."

"음."

위지허의 입에서 절로 침음이 흘러나왔다.

개천회주의 의지가 그렇다면 사마조로서도 어쩔 수가 없을 터였다.

절로 한숨이 흘러나왔다.

'이 친구야. 아무리 천마의 무공이 욕심이 나도 그렇지.'

무공에 대한 사마용의 욕심과 집착이 얼마나 지독한지 너무도 잘 알기에 딱히 뭐라 할 말이 없었다. 그저 계획대로 일이 잘 풀리기만을 바랄 뿐이었다. 그럴 가능성이 몹시 희박하다는 것이 문제였지만.

*　　　　*　　　　*

"뭐라고? 누가 움직여?"

"사신각주가 움직이고 있습니다."

강와의 보고에 막 저녁을 시작하던 형웅이 거칠게 젓가락을 내려놓았다.

"흑선규 그 개자식이 직접?"

질문을 하는 형웅의 눈엔 적의가 가득했다.

"예, 소수의 인원을 데리고 은밀하게 이동을 하고 있는 것이 확인되었습니다."

"틀림없는 정보야? 지난번처럼 함정일 수도 있어."

"물론 배제할 수는 없습니다. 하지만 교차 검증을 통해 확인한 바로는 함정보다는 어떤 청부를 받고 움직이는 것으로 보는 것이 맞을 것 같습니다."

"청부는 얼어 죽을! 개천회의 개로 변한 지가 언제인데. 놈들의 명을 받고 움직이는 거겠지."

코웃음을 친 형웅이 밥상을 치우라는 눈짓을 보내곤 강와와 마주 앉았다.

"몇 놈이나 되는 거지?"

"현재까지 확인된 것은 사신각주를 포함하여 정확히 다섯입니다."

형웅이 눈살을 찌푸렸다.

"다섯? 너무 적은 거 아냐?"

"흩어져서 이동 중일 가능성도 확인 중입니다."

"그게 맞겠네. 절대로 그 정도 인원을 데리고 움직일 놈이 아니야. 어디로 가는 건데?"

"아직 알 수 없습니다."

"현재 놈들의 위치는?"

"장강의 유람선을 타고 이동하다 이곳에서 내렸답니다."

탁자 위에 지도를 펼친 강와가 무호(武湖)라는 지명을 가리켰다.

"유람선? 개새끼들 팔자도 좋아."

벌떡 일어난 형웅이 술병을 들고 독한 술을 목구멍에 쏟아부었다.

"무호? 처음 들어보는 지명인데 놈들이 거기서 왜 내린 걸까. 짐작 가는 이유라도 있어?"

형웅의 물음에 강와가 고개를 저었다.

"모르겠습니다. 일단 남하를 한 것까지는 확인을 하였지만 그 이후의 소식이 아직 도착하지 않았습니다. 몇 번은 더 소식이 전해져야 정확한 목적지를 알 수 있을 것 같습니다."

"젠장, 분명히 기회는 기회인데."

형웅이 무호라는 지명을 툭툭 건드리며 인상을 찌푸렸다.

"낚느냐, 낚이느냐네."

잠시 고민하던 형웅은 떨떠름한 얼굴로 고개를 저었다.

"관두자고. 만에 하나 함정일 경우 지금의 전력으론 답이 없잖아. 사신각 놈들이야 어찌 해본다고 해도 개천회 놈들까지 가세하면 그곳이 바로 우리의 무덤이 되겠지. 게다가 지금 출발을 한다고 해도 놈들을 따라잡으려면 꽤나 시간이 걸릴 것 같고. 놈들에게 따라붙은 추혼전의 요원들도 철수시켜. 어찌 보면 우리의 명줄을 쥐고 있는 녀석들인데 한 명이라도 아껴야지."

"알겠습니다."

형웅의 판단이 옳다고 생각하는지 강와는 별다른 토를 달지 않았다.

"참, 형님은 아직이지?"

"예, 대홍산에서 잠시 모습을 드러내신 후, 다시 행방이 묘연합니다. 계속 흔적을 쫓고 있으니 곧 연락을 취할 수 있을 겁니다."

"못난 동생을 찾아오시려나. 예전의 그곳으로 가봐야 소용없는데."

형웅은 사신각과 개천회의 추격을 피해 파양호 인근으로 도망친 지 벌써 일 년이 넘었음을 상기하며 신경질적으로 술병을 들었다.

바로 그때, 형웅의 시선이 지도의 어느 한 곳을 스쳐 지나갔다.

처음엔 대수롭지 않았는데 자꾸만 눈길이 갔다.

무호는 아니다. 무호와 비교적 인접한 곳이기는 하나 전혀 상관이 없는 곳이었다.

"잠깐만."

천천히 술병을 내려놓은 형웅이 지도를 뚫어져라 바라보며 말했다.

"무호에서 남하를 했다고 했지?"

"그렇습니다."

형웅의 손가락이 무호에서 남쪽으로 조금씩 내려왔다.

직선으로 내려오던 손가락이 슬며시 오른쪽으로 틀자 아주 익숙한 지명이 나타났다.

형웅이 가리키는 지명을 확인한 강와의 눈동자가 크게 흔들렸다.

"내가 억측을 하는 걸까?"

강와는 형웅이 말하고자 하는 바를 곧바로 이해했다.

"평소라면 당연히 그렇다고 말씀드리겠지만 솔직히 지금은 잘 모르겠습니다. 상황이나 시점이 묘합니다."

"가능성이 아주 없다는 말은 아니네."

"희박하긴 합니다만 아주 없다고는……."

강와가 말을 아꼈다.

"이럴 때를 위해 만에 하나라는 말이 있는 것이지. 강와."

"예, 루주님."

"시간을 끌 수 있을까?"

형웅의 눈빛을 본 강와는 이미 그가 결심을 했다는 것을 직감했다.

"조금은 지체시킬 수 있겠지만 오래는 불가능합니다."

"지금 당장 전서구를 띄워. 최대한 놈들의 발을 묶으라고. 부탁… 한다고."

사신각의 움직임을 감시하는 추혼전의 요원은 추격, 감시를 전문적으로 훈련받았지 딱히 무공이나 살예가 뛰어난 자들은 아니다.

그들이 사신각의 움직임을 지체시키기 위해선 십중팔구 목숨을 걸어야 하기에 명이라는 말 대신 부탁이란 말을 사용했다.

"알겠습니다."

강와가 서둘러 자리를 뜨자 형웅이 술병을 잡았다. 그리고는 마지막 남은 술을 입에 털어 넣으며 다시 한번 지도를 살폈다.

그의 시선이 머무는 곳, 항주였다.

*   *   *

사신각의 특급살수이자 정보를 관장하고 있는 백은이 온갖 신음과 교성 소리가 들려 나오는 방문 앞에 섰다.

잠시 인상을 찌푸린 백은이 조용히 입을 열었다.

"각주님, 백은입니다."

"들어와."

백은이 문을 열고 들어서자 커다란 침상에서 여자 살수 둘을 끼고 마음껏 희롱하고 있던 흑선규가 커다란 양물을 그대로 드러낸 채 물었다.

"무슨 일이야?"

즐거운 시간을 방해받았다고 생각한 사신각주 흑선규가 짜증 섞인 음성으로 물었다. 다른 수하의 방문이라면 아예 대꾸조차 하지 않았겠지만 전대 각주이자 부친이 가장 신임하던 백은에게 그런 대접을 할 수는 없었다.

백은은 실오라기 하나 걸치지 않은 여 살수들을 힐끗 바라보면서도 표정 변화가 전혀 없었다. 마치 발끝에 차이는 돌멩이를 보듯 했다.

"이유가 확인되었습니다."

"뭐야? 대체 왜 그 지랄을 떠는 건데?"

흑선규가 자신의 양물에 얼굴을 묻으려는 여 살수의 머리채를 낚아채며 물었다.

"지난밤에 의성부주가 암습을 받았습니다. 다행히 목숨은 건졌다고 하는데 크게 다친 모양입니다."

"그래서, 자신을 암습한 살수를 잡으려고 관군을 동원했다는 거야?"

"예, 부주의 분노가 보통이 아니랍니다. 인근 지역의 모든 관군을 동원했다고 하는군요."

"하려면 제대로 숨통을 끊어버리든지. 빌어먹을! 어설픈 쥐새끼 덕분에 귀찮게 되었군."

흑선규가 인상을 찌푸렸다.

관군이 얼마가 동원되든지 상관은 없었다.

일이 생기면 조용히 묻어버리면 그만이었다. 다만 그 과정에서 자신들의 행적이 노출될까 조금 신경이 쓰였다.

사신각이 개천회와 연관이 있다는 것은 이미 세상에 알려졌다. 정무련이나 정의맹에서 사신각의 움직임을 눈치채면 골치 아픈 일이 발생하는 것은 물론이거니와 자칫하면 임무까지 망칠 수가 있었다.

"아까도 보셨지만 주요 길목마다 관군이 배치되어 있습니다. 신분은 완벽하게 위장이 된 상태이기에 지금 이대로 계속 움직인다고 해도 큰 문제는 없을 것입니다. 설사 걸린다고 해도 뚫는 데 문제될 것도 없고요."

백은의 말에 흑선규가 코웃음을 쳤다.

"됐어. 같잖은 놈들 비위 맞추기도 귀찮다. 버러지 같은 놈들이 위세는."

객점에 도착할 때까지 지나쳐 온 관군들을 떠올리자 짜증이 절로 솟구쳤다.

"손가락 하나만 까딱해도 숨통이 끊어질 것들이 감히."

흑선규가 살기를 드러내며 분통을 터뜨리자 이를 가만히 보고 있던 백은의 입에서 나직한 한숨이 흘러나왔다.

'실력은 전대 각주님 못지않지만 감정 조절은 확실히 미숙해. 살수의 첫째 덕목은 냉정함이거늘.'

문득 매혼루의 어린 애송이의 모습이 떠올랐다.

수하들의 복수를 한답시고 단신으로 숨어들어 와 전대 각주님을 암살하고 도망친 괴물 같은 놈. 큰 부상을 당하고 포위망에 갇히는 절체절명의 위기 상황 속에서도 전혀 흔들림없던 모습이 참으로 인상적이었다.

'누구를 애송이라 부르는지 모르겠군.'

그 애송이가 결국 포위망을 뚫고 도망쳤음을 상기한 백은이 쓴웃음을 짓고 말았다.

백은의 상념은 곧 깨졌다.

"어찌하는 게 좋을까?"

흑선규의 물음에 백은이 간단히 대답했다.

"야간에, 그리고 산길을 이용하면 됩니다."

"그렇게 하자고. 아, 그런데 산길을 이용한다고 설마 늦지는 않겠지?"

"조금 우회하는 것은 맞지만 그만큼 속도를 올리면 됩니다."

"그럼 조금 후에……."

슬쩍 고개를 돌린 흑선규가 여전히 나신을 드러낸 채 침상에 뒹굴거리고 있는 여 살수들을 보며 씨익 웃었다.

"자정이 지난 후에 이동하는 것으로 하자고. 자, 이쯤하지. 조금 쉬어야겠어."

"알겠습니다."

축객령을 받은 백은이 이미 여 살수들의 몸을 탐닉하기 시작한 흑선규를 향해 고개를 숙이곤 방을 나섰다.

방문을 닫기가 무섭게 교성 소리가 터져 나왔다. 동시에 백은의 입에서도 한숨이 흘러나왔다.

"끄아아악!"

처절한 비명이 산을 뒤흔들었다.

"빌어먹을!"

눈 깜짝할 사이에 달려온 백은이 수하의 상태를 보고 그대로 숨통을 끊어버렸다.

사타구니를 통해 들어온 작살이 겨드랑이를 뚫고 나왔다. 심장을 피해 절명하지는 않았지만 치료가 불가능할 정도로 심각한 부상인지라 답이 없었다.

"정신들 차리지 못해! 척후 노릇을 하라고 했지 누가 함정에 빠지라고 했어?"

백은은 줄에 매달려 눈앞에서 흔들거리고 있는 작살과, 작살의 궤적과 조금 어긋난 곳에 위치한 함정을 보며 어이가 없었다.

허공에 매달린 작살에 시선을 빼앗기는 바람에 땅에 숨겨져 있는 함정에 당한 것이 틀림없었다.

"병신들! 이따위 조잡한 함정에 걸리다니!"

백은이 척후의 임무를 띠고 움직이던 수하들을 향해 불같이 화를 냈다.

벌써 비슷한 함정을 다섯 번이나 겪었다. 인명 피해가 발생한 것은 이번이 처음이지만 앞으로 얼마나 더 많은 함정이 있을지 몰랐다.

"죄, 죄송합니다."

척후조장 술예가 붉게 변한 눈빛으로 고개를 숙였다.

"정신들 똑바로 차려라. 적은 우리를 기다리고 있었다. 자칫하면 개망신을 당한다."

"알겠습니다."

"적당히 묻어주고 일단은 휴식을 취해."

"바로 움직이겠습니다."

술예가 이를 악물고 말했다.

"시키는 대로 해. 서둘다가 지금처럼……."

"무슨 일이야?"

후미에서 달려온 흑선규가 백은의 말을 끊으며 물었다.

"함정에 당했습니다."

"함정?"

흑선규가 싸늘한 주검으로 변한 수하와 그의 주변에 남아 있는 함정의 잔재들을 보며 인상을 찌푸렸다.

"이번이 다섯 번째지? 아주 작정을 했군. 제법 공을 들였어. 혹시 짐작 가는 곳 있어?"

"아직은 모르겠습니다."

백은이 고개를 저었다.

"어떤 놈들이건 두고 봐. 아주 갈아 마셔줄 테니까."

큰 소리로 외친 흑선규가 검을 꺼내 들었다. 백은이 놀란 눈을 하자 가만히 고개를 젓고는 방금 전, 목숨을 잃은 수하에게 다가갔다.

흑선규가 수하에게 거의 접근했을 때 갑자기 땅거죽이 치솟으며 칼 하나가 날아들었다.

흑선규의 입이 한껏 뒤틀렸다.

들고 있던 검을 사선으로 내려쳐 공격을 막아내곤 곧바로 발을 굴러 천근추의 수법을 펼쳤다.

쿵!

육중한 울림과 함께 흑선규의 왼발이 무릎까지 땅을 파고들었다.

동시에 몸을 날린 백은이 방금 전, 검이 치솟았던 땅거죽에 세 자루의 비도를 날렸다.

퍽! 퍽! 퍽!

세 자루의 비도가 땅속으로 파고들었다.

"끌어내."

갑작스러운 두 사람의 행동에 당황하고 있던 수하들이 백은의 명에 재빨리 움직였다.

잠시 후, 한 사내가 개처럼 끌려왔다.

흑선규의 천근추로 인해 한쪽 다리가 뭉개졌고 몸통엔 백은이 던진 세 자루의 비도가 그대로 박힌 채였다.

"누구냐?"

흑선규가 거만한 자세로 물었다.

"뭬! 그냥 죽여라."

사내가 흑선규를 향해 침을 뱉었다.

흑선규는 바지춤에 묻은 침을 바라보며 비릿하게 웃었다.

"누구 좋으라고? 그냥은 못 죽어."

천천히 손을 뻗은 흑선규의 손이 사내의 왼쪽 눈으로 향했다.

사내가 피하기 위해 고개를 돌리려 했으나 단단하게 붙잡힌 상태라 여의치가 않았다.

흑선규의 손가락이 사내의 왼쪽 눈을 파고들기 시작했다.

조금씩, 아주 조금씩 전진하는 손가락은 고통은 물론이고 엄청난 공포심을 주었다.

"끄아아악!"

사내의 입에서 비명이 터져 나왔다.

사내의 왼쪽 눈을 마구 헤집는 흑선규의 손가락을 타고 피가 주르륵 흘러내렸다.

흑선규가 뜯어낸 눈동자를 사내의 얼굴 앞에서 흔들며 다시 물었다.

"누구냐?"

"퉤!"

피가 범벅이 된 침이 흑선규의 손에 묻었다. 순간적으로 살기를 주체하지 못한 흑선규가 사내의 얼굴을 후려치려는 찰나, 백은이 그를 불렀다.

"각주님!"

흑선규는 백은의 외침에 가까스로 손을 멈췄다.

"참으십시오. 놈을 죽이면 정체를 밝힐 수가 없습니다."

사내의 얼굴을 힐끗 바라본 흑선규가 씨익 웃었다.

"그렇지. 내가 실수를 할 뻔했네. 그리고 이렇게 편히 보내줄 수야 없지. 빨리 알아내. 최대한 고통스럽게."

"알겠습니다."

명을 받은 백은이 사내의 앞에 섰다.

정확히 이각 후, 무슨 수를 써서라도 시간을 끌어야 한다는 명과 더불어 운이 좋으면 사신각의 각주를 죽일 수도 있다는 각오를 다졌던 사내.

그렇게 스스로 목숨을 내던진 추혼전의 요원은 온갖 끔찍한 고문을 최대한 견뎌내며 사실과 거짓이 혼재된 정보를 토해낸 뒤 처참하게 숨이 끊어졌다.

비록 흑선규의 목숨을 빼앗는 것엔 실패했지만 갑작스러운 매혼루의 등장으로 큰 혼란에 빠짐으로써 그는 절반의 성공을 거뒀다.

*　　　*　　　*

"컥!"

외마디 비명과 함께 황천룡이 뒤로 쭈욱 밀려났다.

황천룡이 시뻘겋게 된 얼굴로 자신의 가슴을 살폈다.

꽤나 큰 고통이 전해졌지만 크게 상한 흔적은 없었다. 단순히 비무가 아니었다면 가슴이 뭉개지고 심장이 찢겼을 터였다.

황천룡의 시선이 아직도 치열한 싸움이 전개되는 곳으로 향했다.

풍뢰도법으로 간단히 자신을 날려 버린 풍월은 유연청의 공격마저도 너무도 여유롭게 받아넘기고 있었다.

풍월은 폭풍처럼 몰아치는 유연청의 공격에 연신 감탄성을 보내며 기운을 북돋아주고, 때때로 날카로운 반격을 통해 드러난 허점을 지적했다.

너무도 자상한 가르침에 황천룡의 얼굴이 일그러졌다.

저런 훈훈함이라니!

거의 일방적으로 두들겨 맞은 자신과 너무 차이가 나지 않은가!

"쳇! 이거 차별이 너무 심하잖아."

투덜거린 황천룡이 다시금 힘주어 검을 잡았다.

풍월과 같은 고수에게 가르침을 받는다는 것은 더할 수 없이 큰 기회다. 비록 누구와 비교해 상당한 차별을 받는다고 해도 그 정도는 백 번이고 천 번이고 감수를 할 수 있었다.

하지만 거칠게 숨을 내뱉으며 공격을 하던 유연청이 황천룡과 같은 꼴로 바닥을 나뒹굴며 비무가 끝이 났다.

"왜요? 더 하려고?"

풍월이 검을 꼬나들고 서 있는 황천룡을 보며 물었다.

그 눈빛에 심상치 않은 느낌을 받은 황천룡이 고개를 저었다.

"오늘은 이 정도면 될 것 같다."

"원하면 더 해주고."

왠지 모를 한기가 엄습했다.

"아니, 충분하다."

황급히 고개를 젓는 황천룡을 보며 키득거린 풍월이 옷에 묻은 먼지를 털어내며 걸어오는 유연청을 향해 말했다.

"아프냐?"

"괜찮아요."

고개를 젓고는 있어도 꽤나 고통스러운 표정이었다.

"다 좋은데 순간적으로 공격에 너무 매몰되는 경향이 있어. 공격이 성공을 거두면 좋겠지만, 만약 지금처럼 막히게 되면 치명적인 결과를 초래할 수 있다는 걸 알아야 해. 그래서 조금 심하게 손을 썼으니까 서운해하지 마라."

"예."

"그래도 많이 늘었어."

칭찬을 한 풍월의 시선이 황천룡에게 향했다.

"황 아저씨도요."

"그, 그래?"

황천룡이 환한 얼굴로 되묻자 풍월이 손가락으로 조그만 틈을 만들었다.

"요만큼요."

"빌어먹을 놈! 그게 한 시진 동안이나 마음껏 두들겨 팬 인간이 할 소리냐?"

황천룡이 붉어진 얼굴로 몸을 휙 돌렸다.

목소리를 높였지만 표정은 그리 화가 난 것 같지는 않았다. 손톱만큼이라도 실력이 늘고 있다는 것은 스스로도 느끼고 있었으니까.

"삐치지 말고 술이나 한잔하자고요. 출출하니 그냥 자기는 힘들 것 같은데."

풍월의 외침에 앞서가던 황천룡이 슬그머니 몸을 돌렸다.

"그럴… 까?"

입맛을 다시는 황천룡을 보며 풍월과 유연청이 동시에 웃음을 터뜨렸다.

하지만 객점으로 돌아온 그들을 기다리는 것은 술이 아니라 온몸이 땀으로 범벅이 된 낯선 사내였다.

"누구냐?"

황천룡이 사내의 몸에서 느껴지는 살기를 감지하고 검을

빼 들었다.

사내는 황천룡의 위협에는 아랑곳하지 않고 풍월을 향해 몸을 숙였다.

"매혼루의 염호라고 합니다. 혹, 저를 기억하십니까?"

"글쎄요. 미안하지만 기억이 잘……."

풍월은 매혼루라는 이름에 반색을 하면서도 고개를 갸웃거렸다.

"상관없습니다. 지금 중요한 것은 그게 아니니까요."

호흡을 가다듬은 염호가 착 가라앉은 음성으로 말했다.

"루주님의 전언을 가져왔습니다."

제58장

항주(杭州)의 밤

"저긴가?"

형웅이 희미한 불빛이 흘러나오고 있는 무관을 가리키며 물었다.

강와의 시선을 받은 추혼전 요원이 얼른 대답했다.

"그렇습니다. 저곳이 바로 추룡무관입니다."

"결국 도착했군. 놈들의 위치는?"

"항주 외곽에 있는 관제묘에 집결해 있는 것으로 압니다."

강와의 대답에 형웅이 미간을 찌푸렸다.

"관제묘라면 금방이잖아. 놈들도 생각보다 빨리 도착했는데. 아니, 어쩌면 척후들은 이미 이곳에 도착해서 우리를 살피고 있을 수도 있겠고."

형응의 말에 흠칫 놀란 살수들이 순식간에 주변으로 흩어지며 혹시 모를 적을 찾기 시작했다.

"우리가 먼저 도착은 했는데… 이제 어찌해야 하지?"

"일단 이곳의 식솔들을 피신시키는 것이 우선이라고 봅니다."

"어디로?"

형응의 반문에 강와가 잠시 머뭇거렸다.

항주에는 중소 규모의 문파가 제법 많았다. 그리고 그들 모두는 풍월에게 빚이 있었다. 만약 풍월이 제때에 나타나 도움을 주지 않았다면 항주는 흑룡묵가에 의해 완전히 장악이 되었을 터였다.

하지만 강와는 아무에게도 도움을 청할 수가 없었다.

사신각이 움직였다는 것은 개천회의 입김이 작용했다는 것. 천마도를 이용해 그 힘과 위세를 세상에 마음껏 뽐내고 신기루처럼 사라진 개천회의 힘이 어디까지 미쳐 있을지 알 수가 없었기 때문이다. 만약 도움을 청한 문파가 개천회와 연관이 있다면 낭패도 그런 낭패가 없었다.

그나마 믿을 수 있었던 곳이 항주의 개방분타였으나 북해빙궁과의 싸움에 휘말린 지금, 분타에 남아 있는 이들의 숫자

194 검선마도

도 얼마 되지 않았다. 그 실력 또한 형편없었기에 차마 도움을 청할 수가 없었다.

강와의 보고를 통해 그런 사정을 알고 있던 형웅이 던지듯 물었다.

"화영표국은 어때?"

이미 같은 생각을 하고 있었던 강와가 고개를 끄덕였다.

"무림 문파가 아니라는 것이 조금 걸리기는 하지만 항주에서 그만한 곳이 없을 것 같습니다. 풍 공자와의 인연도 깊고 화영표국과 화영상단과의 관계를 감안했을 때 놈들도 조금은 신중히 움직일 것입니다. 아무리 하찮게 보여도 관부가 개입한다면 분명 귀찮은 거니까요."

"같은 생각이야. 우선 추룡무관의 식솔들을 화영표국으로 피신시키고 보자고."

결정을 내린 형웅이 정문을 두드리려는 찰나였다.

"생각엔 변함이 없으십니까?"

형웅이 슬쩍 고개를 돌렸다.

"관제묘에 집결한 놈들의 숫자는 정확히 서른아홉. 그에 반해 우리 쪽은 열일곱에 불과합니다."

"열일곱이 아니라 열둘이야. 추혼전주와 요원들은 추룡무관의 식솔들과 함께 화영표국으로 가."

"루주님!"

강와가 깜짝 놀란 얼굴로 소리쳤다.

"그게 맞아. 사신각 놈들도 나름 정예를 끌고 왔는데 이곳에 남아봤자 별 도움은 안 돼. 추혼전주의 목숨이 왔다 갔다 하는데 내가 제대로 실력 발휘를 하겠냐고? 그러니까 아무 말 하지 말고 가."

"염호의 보고에 따르면 풍 공자가 곧 항주에 도착한다고 합니다. 풍 공자를 기다리는 것이 어떻습니까?"

"아무리 빨라도 내일 아침은 되어야 도착한다면서. 놈들은 바보가 아니야. 어쩌면 형님의 움직임도 파악하고 있을걸. 아무튼 우리가 이곳에서 놈들의 시선을 끌어야 그나마 화영표국이 안전해져. 그렇지 않다면 새벽이 되기 전, 화영표국은 아수라장이 될 거야. 무엇보다 이런 좋은 기회를 놓칠 수는 없잖아."

형웅의 결심이 확고하다는 것을 느낀 강와는 아무런 말도 하지 못했다.

"너무 걱정하지 마. 그런 쓰레기 놈들에게 당할 정도로 우리는 약하지 않으니까."

형웅이 활짝 웃으며 정문을 두드렸다.

*　　　　*　　　　*

"어디? 화영표국?"

"그렇습니다."

척후의 대답에 흑선규의 시선이 백은에게 향했다.

"항주 인근에서 가장 큰 표국으로 화영상단에 속해 있습니다. 화영상단은 중원에서도 손꼽히는 상단으로서……."

"거기까지."

백은의 말을 자른 흑선규가 혀를 날름거리며 물었다.

"그 어린 새끼와 매혼루의 떨거지들은 어디에 있는데?"

"그자들의 움직임은 파악하지 못했습니다만 추룡무관에 도착한 것은 확실합니다."

척후의 말에 흑선규가 코웃음을 쳤다.

"도착을 했으니까 도망을 친 거겠지. 제길, 버러지 같은 놈의 수작에 속아 넘어가 시간을 너무 허비했어."

흑선규는 자신을 암습하다 잡힌 후, 매혼루가 사신각을 노린다는 정보를 토설하고 목숨을 잃은 적의 얼굴을 떠올렸다. 그 거짓 정보에 속는 바람에 무려 이틀이란 시간을 버렸다. 만약 제때에 도착을 했다면 지금과 같은 번거로운 일도 없었을 터였다.

"추룡무관에 있으려나?"

흑선규가 백은에게 물었다.

"아마도요."

"놈들을 무시하고 화영표국에 있는 자들을 빼올 방법은 없 겠지?"

"화영표국에서도 이미 준비를 했을 겁니다. 혹, 관군은 보지 못했느냐?"

"제가 확인을 했을 때까지는 보지 못했습니다만 전령들은 바삐 움직이는 것 같았습니다."

척후의 말에 백은의 미간이 잔뜩 찌푸려졌다.

"틀림없이 관군을 동원할 겁니다."

"관군 따위는 상관없어. 다만 문제는 뒤통수에 혹을 달고는 화영표국을 공격할 수 없다는 거지."

흑선규는 추룡무관, 정확히는 그곳에서 기다리고 있을 매 혼루의 살수들을 공격할 것임을 에둘러 말했다.

"함정을 파놓았을 겁니다."

백은의 말에 흑선규가 피식 웃으며 말했다.

"함정은 모르고 당하는 거지. 뻔히 알면서도 당하면 당한 놈이 병신인 거야."

*   *   *

전당강 하구에 위치한 승화루.

창문을 통해 하얀 포말을 그리며 요란스레 흐르는 강물을 물끄러미 바라보고 있던 중년인이 천천히 고개를 돌렸다.

"움직였다고?"

개천회의 무상 검우령의 물음에 여명대, 삼조장 주유광이 공손히 대답했다.

"예, 막 관제묘를 떠났다고 합니다."

"어느 쪽으로 갔느냐?"

"추룡무관으로 향하는 것 같습니다."

"흠, 아무래도 매혼루의 살수들을 처리하지 않고는 불안했던 모양이군."

고개를 끄덕인 검우령이 다시 물었다.

"추룡무관 식솔들이 몸을 숨긴 곳이 화영표국이라고 했더냐?"

"그렇습니다."

"관부가 개입을 했고?"

"아직은 특별한 움직임은 없습니다만 곧 움직일 것 같습니다."

"골치 아프게 되었군."

검우령이 미간을 찌푸렸다.

"그렇잖아도 영 내키지 않는 일이었는데. 녀석이 아주 쓸데없는 일을 맡겼어."

검우령이 자신을 항주로 향하게 만든 사마조의 얼굴을 떠올리며 쓴웃음을 지었다.

잠시 생각에 잠겼던 검우령이 주유광에게 물었다.

"부릴 수 있는 인원이 몇이나 되지?"

"저를 포함하여 정확히 열둘입니다."

"동검단의 아이들도 보내준다고 하였는데 아직이냐?"

"예, 내일 정도는 되어야 도착할 것 같습니다."

"그래? 알았다. 아무튼 지금 즉시 항주부주의 목을 날려 버리고 와라."

"예?"

주유광이 눈을 휘둥그레 뜨며 되물었다.

"놀라기는. 농이다. 진짜 날려 버리라는 것은 아니고 적당히 시늉만 하다 빠져나오면 된다. 가능하겠느냐?"

"가, 가능합니다."

"그럼 바로 움직여라. 부주의 목숨이 위협받았는데 관부의 병력이 함부로 움직일 수는 없겠지. 아, 길잡이로 쓸 녀석 하나는 두고 가거라."

"알겠습니다. 하온데 화영표국으로 가십니까?"

주유광이 조심스레 물었다.

"아니, 재미있는 싸움을 놓칠 수는 없지. 추룡무관으로 간다."

턱을 가볍게 쓰다듬으며 웃는 검우령의 눈빛은 마치 재미난 장난감을 눈앞에 둔 어린아이의 것과 꼭 닮아 있었다.

　　　　*　　　　　*　　　　　*

　관제묘를 떠나 반 시진. 추룡무관 앞에 도착한 흑선규는 완전히 어둠에 잠긴 추룡무관을 보며 비릿한 웃음을 지었다.

　"병신들. 아주 대놓고 표시를 내는군. 누가 봐도 함정을 파고 기다리는 줄 알겠다. 백은."

　흑선규의 부름에 백은이 한 걸음 앞으로 나섰다.

　"준비는?"

　"끝났습니다."

　조용히 대답을 한 백은이 손짓을 하자 후미에서 불화살을 든 사내 다섯이 모습을 드러냈다.

　"이리 내라."

　앞선 사내의 불화살을 빼앗은 흑선규가 힘주어 시위를 당겼다 놓았다.

　바람을 가르며 날아간 불화살이 추룡무관 중앙에 위치한 건물의 창문을 뚫고 들어갔다. 그것과 동시에 네 대의 불화살이 추룡무관 곳곳에 떨어졌다.

　서서히 타오르던 불길은 어느 순간부터 폭발적으로 타올랐다. 순식간에 퍼져 나간 불길에 의해 추룡무관 전체가 화마에 휩싸였다.

"쥐새끼들이 기어 나오는구나."

흑선규는 불길 사이로 언뜻언뜻 보이는 인영들을 확인하곤 키득거렸다.

"자, 이제 대충 기어 나온 것 같으니까 시작을 해볼까."

흑선규가 활활 타오르는 추룡무관을 향해 천천히 걷기 시작했다. 그의 주변으로 날개를 펴듯 분산한 사신각의 살수들이 혹시 모를 암습에 대비하며 추룡무관의 담을 넘었다.

매혼루의 살수들은 추룡무관 곳곳에 은신한 채 적을 기다렸다. 그러나 사신각의 살수들이 추룡무관에 곧바로 진입하지 않고 추룡무관 전체를 불태워 버리는 과감한 작전을 구사하면서 상당수가 자신의 존재를 노출하고 말았다.

하지만 오히려 연기와 불길을 이용해 더욱 완벽하게 자신을 숨긴 자들도 있었다.

첫 번째 비명은 가장 좌측에서 담을 넘던 살수의 입에서 흘러나왔다.

담장을 넘어 땅에 착지하는 순간, 담장 안쪽 땅 밑에 은신하고 있던 살수의 검이 그의 뒤통수를 관통해 버렸다.

두 번째 비명은 정문의 지붕 아래 기둥에 숨어 있다가 흑선규를 암습한 살수의 입에서 터져 나왔다.

매혼루의 일급살수답게 그의 암습은 그야말로 전광석화 같았다.

모습을 드러내고 흑선규의 정수리에 검을 박아 넣기까지 찰나의 시간도 걸리지 않았다.

그럼에도 불구하고 실패하고 말았다.

흑선규가 손을 쓴 것도 아니었다. 바로 뒤에서 그를 따르던 백은이 날린 세 자루의 유엽비도가 그의 목과 가슴을 꿰뚫어 버린 것이다.

흑선규는 힘없이 추락하는 살수에겐 시선조차 돌리지 않고 오직 한 곳만을 바라보며 걸음을 옮겼다.

연무장을 중간 정도 가로질렀을 때 흑선규의 걸음이 멈췄다. 그의 정면에 하늘 높은 줄 모르고 치솟는 불길을 뒤로한 형웅이 거만한 자세로 서 있었다.

"역시 네놈이었구나, 애송이."

흑선규가 살기를 드러내며 으르렁거렸다.

추룡무관이 화마에 잠기는 순간부터 그는 형웅의 존재를 느끼고 있었다. 어쩌면 노골적으로 자신을 부르고 있다는 생각도 들었다.

"다시 만나게 될 날만을 기다렸다."

"아비의 복수를 하고 싶은 모양이군."

"아비? 그런 인간의 복수는 상관없다. 난 그저 상처 난 자존심을 되찾고 싶을 뿐이다."

"자존심? 그딴 것도 있냐? 아비의 죽음을 모른 척한 순간부터 넌 이미 아무것도 아냐."

형응이 차갑게 비웃었다.

"지킬 능력이 안 되면 빨리 내려왔어야지. 어차피 죽을 때가 되어 죽은 것뿐이다."

흑선규는 가소롭다는 얼굴로 전대 사신각주이자 부친을 완전히 깎아내렸다.

"그래서 내가 너를 개자식이라 부르는 거다."

"어찌 부르건 상관없다. 어차피 네놈은 뒈질 테니까."

흑선규가 형응을 향해 검을 겨눴다. 순간, 숨 막힐 듯한 살기가 그의 전신에서 폭사되었다.

"쯧쯧, 살수가 언제부터 이런 식으로 드잡이질을 했다고. 우리에게 어울리는 전장으로 가자. 자신 없으면 그냥 여기서 찌그러져 있든지."

형응은 추선규의 대답을 기다리지도 않고 이제 막 불길이 번져가는, 연기 자욱한 내원을 향해 걸음을 옮겼다.

서슴없이 등을 보이는 형응의 자신감에 자신도 모르게 위축감을 느낀 흑선규가 이를 부득 갈았다.

"반드시 목을 따주마."

*　　　　　*　　　　　*

항주 북서쪽 외곽.

어둠을 뚫고 달리는 일단의 무리가 있었다.

숫자는 대략 삼십 정도. 맨 앞에서 무리를 이끌고 있는 자를 제외하곤 모두가 흑색 무복과 장삼을 착용하고 있었는데 다들 한가락 하는 실력을 지녔는지 개개인에서 뿜어져 나오는 기운이 상당했다. 게다가 움직이는 속도 또한 엄청나게 빨랐다.

그들의 바로 뒤, 언제부터인지 은밀히 그들의 뒤를 밟는 자들이 있었다.

형응에게서 소식을 듣고 곧바로 항주로 달려오던 풍월과 일행이었다.

"저 야산을 넘으면 곧 항주입니다."

풍월을 안내하고 있는 염호가 야트막한 언덕을 가리키며 말했다.

"확인을 해야 하지 않을까?"

황천룡이 앞선 무리들을 향해 턱짓을 하며 말했다. 앞선 무리들의 이목을 피하느라 속도를 확 늦췄음에도 불구하고 호흡은 여전히 거칠었다.

"해야지요."

풍월이 속도를 높이며 말했다.

장강을 오르내리는 배에서 내려 느긋하게 항주로 향하던

풍월 일행이 염호를 만난 것은 정확히 사흘 전이다.

형웅의 전언을 통해 가족이 위험할 수도 있다는 말을 들은 풍월은 그 순간부터 한시도 쉬지 않고 항주를 향해 내달렸다.

풍월과 보조를 맞춰야 했던 일행 역시 엄청난 강행군을 해야 했다. 특히 염호와 유연청에 비해 무공 실력이 떨어지는 황천룡은 그야말로 몇 번이나 지옥을 왔다 갔다 할 정도로 고생을 했다.

그런데 정확히 일각 전, 항주를 코앞에 둔 상황에서 풍월과 유연청은 물론이고 비교적 경험이 많다고 할 수 있는 염호와 황천룡도 정체를 전혀 짐작할 수 없는 수상한 무리를 발견했다.

평소라면 그들이 누구건 전혀 신경 쓰지 않았을 테지만 상황이 묘했다. 가족의 안전이 걸린 문제로 인해 극도로 예민해진 풍월은 그들의 정체를 의심하며 뒤에 따라붙었고, 마침내 그 정체를 확인하려 했다.

뇌운보를 극성으로 펼친 풍월은 단숨에 무리를 따라잡았다. 그의 존재를 눈치챈 이들이 걸음을 멈추고 곧바로 무기를 꺼내 들었을 때 풍월은 이미 그들의 머리를 뛰어넘고 있었다.

"누구냐?"

무리를 이끌고 있던 자가 잔뜩 경계하는 눈빛으로 물었다.

"풍월. 그대들은 누구지?"

풍월은 당당히 자신의 이름을 밝혔다.

혹여라도 자신이 생각한 것처럼 적이 아니라면 즉시 오해를 풀어야 한다고 생각했기 때문이다.

풍월의 이름을 들은 사내는 풍월의 물음에 곧바로 대답을 하지 못했다. 심지어 멈칫하는 그의 얼굴엔 당황스러움이 가득했다.

사내의 반응에 풍월은 그가 자신을 알고 있으며 결코 우호적이지 않다는 것을 직감했다.

"개천회냐?"

풍월이 차갑게 물었다.

정곡을 찔린 사내의 몸이 다시금 움찔했다.

"맞는 모양이군."

풍월이 등에 메고 있던 묵뢰를 꺼내 들었다.

"다시 묻지. 개천회의 누구냐?"

사내가 여전히 침묵하자 풍월의 입가에 서늘한 웃음이 맺혔다.

"침묵이라. 어차피 상관은 없다. 네놈들이 개천회의 개들이라는 걸 알게 된 순간, 운명은 이미 결정되었으니까."

풍월이 어깨에 걸친 묵뢰를 아래쪽으로 늘어뜨릴 때 풍월과 얼굴을 마주하고 있는 사내, 동검단 일대주 전위가 벼락같이 소리쳤다.

"흩어져서 공격해라!"

수하들은 전위의 명에 곧바로 풍월의 좌우와 배후를 차단했다.

하지만 그들이 미처 포위망을 구축하기도 전, 명을 내린 전위의 목이 허공으로 치솟았다.

*　　　　　*　　　　　*

'빠르다.'

형웅을 따라 내원으로 들어선 흑선규는 연기처럼 사라지는 그를 바라보며 입술을 지그시 깨물었다.

불길이 거세게 번지기 시작하고 연기가 자욱했다고 해도 바로 코앞에서 사라지는데도 제대로 쫓지 못했다는 것은 분명 능력의 차이, 가슴 한편이 서늘해졌다.

즉시 몸을 움직여 아직 불길이 닿지 않는 전각의 지붕 위로 몸을 숨긴 흑선규는 전신의 감각을 극대화시키며 형웅의 흔적을 찾기 위해 노력했다.

하지만 들려오는 것은 거센 화마에 힘없이 잡아먹히고 있는 수풀과 나무, 전각의 아우성과 더불어 치열하게 싸움을 전개하고 있는 수하들과 적들의 함성뿐이었다.

그 짧은 시간, 형웅은 완벽하게 자신의 흔적을 지운 것이다.

형웅의 기척을 찾지 못한 흑선규는 초조한 빛을 감추지 못했다.

겉으로는 인정하고 있지 않았으나, 형웅이 자신의 부친이자 전대 사신각 가주의 목숨을 끝장내는 것을 직접 본 순간부터 자신보다 뛰어난 살수라는 것을 알고 있었다.

'젠장!'

절대로 혼자 싸우는 것을 허락하지 않겠다며 정색을 하던 백은의 얼굴이 떠올랐다.

'움직이면 당한다.'

살수들의 싸움에서 상대의 흔적을 놓쳤다는 것은 목을 베어달라고 내밀고 있는 것과 다름없는 것. 흑선규는 자신에게 닥친 위기를 본능적으로 느꼈으나 움직이진 못했다.

지금 그가 할 수 있는 최선은 형웅이 먼저 움직이기를 바라면서 버티는 것이었다.

'버티겠다?'

흑선규가 은신해 있는 전각의 안쪽 기둥 아래에 조용히 몸을 숨기고 있던 형웅은 지붕 위에 올라간 채 꼼짝도 하지 않고 있는 흑선규의 행동에 조소를 지었다.

평소라면 당연한 행동이다.

상대의 기척을 놓친 이상 자신을 최대한 보호하며 상대가 먼저 움직이길 기다리는, 인내력의 싸움으로 끌고 갈 수밖에 없었다.

하지만 지금은 평소의 상황이 아니다.

이미 전각의 왼편 기둥이 불길에 휩싸이고 있었고 은신하고 있는 지붕을 삼키는 것은 순식간일 터였다.

'한심한 놈이네.'

전대의 각주보다 더 뛰어나단 평을 듣고 있었기에 나름 기대를 했건만 막상 부딪쳐 보니 상황 파악도 제대로 하지 못하는 병신에 불과했다.

바로 그때, 내원, 정확히는 불길에 휩쓸리고 있는 전각을 향해 은밀히 접근하는 기운이 느껴졌다.

형웅의 눈빛이 심각하게 변했다.

전신의 감각을 최대한 끌어 올렸음에도 겨우 알아차릴 정도로 은밀한 움직임이라면 매혼루에서도 몇 없는 특급살수의 수준이다.

'그래서 여유를 부린 거냐?'

곧 불길이 덮쳐옴에도 흑선규가 어째서 미동도 하지 않았는지 이해할 수 있었다. 단순히 인내력이 좋아서가 아니었다.

'그런다고 결과는 변하지 않는다.'

형웅은 두 명의 살수가 코앞까지 접근해 왔음에도 미동조차 하지 않고 보다 완벽하게 자신의 몸과 기운을 숨겼다.

기둥을 타고 오른 불길이 순식간에 전각을 뒤덮기 시작했다. 흑선규가 엎드려 있는 지붕은 물론이고 형웅이 은신하고 있는 곳까지 불길의 영향 아래 놓였다.

[피해야 합니다.]

백은이 다급히 전음을 보냈다.

[놈이 근처에 있다.]

[저희들 때문에 놈도 함부로 움직이지 못합니다.]

[조금만 더 버텨보겠다.]

흑선규의 고집에 한숨을 내쉰 백은이 함께 온 마령에게 눈짓을 보냈다. 그러고는 전신의 감각을 최대한 끌어올려 형웅의 기척을 찾기 위해 노력했다. 하나, 아무리 노력해도 형웅의 기척을 감지할 수가 없었다.

'이런 은신술이라니! 전대 각주님을 암살했을 때도 느꼈지만 참으로 대단하구나.'

백은은 한정된 공간임에도 자신의 존재를 완벽하게 숨긴 형웅의 은신술에 감탄을 금치 못했다.

[내려간다.]

열기를 더 이상 감당하지 못한 흑선규의 다급한 전음이 날아들자 백은이 마령에게 황급히 손짓했다.

쿠쿠쿠쿵.

불에 탄 기둥과 지붕이 무너지기 시작했다.

흑선규가 황급히 몸을 날렸다.

그때, 지그시 눈을 감고 화마의 열기를 이겨내고 있던 형응이 번쩍 눈을 떴다. 동시에 허리춤에 매달린 다섯 자루의 비수를 뿌렸다.

살기는 없었다. 날카로운 파공성마저 전각이 무너지며 내는 소음에 묻혔다.

암습의 성공과 실패의 여부는 관심 밖이었다.

전각 밖의 적을 향해 날아간 다섯 자루의 비수는 그저 미끼일 뿐 애당초 목표는 흑선규였다.

무너지는 전각의 잔해 사이로 지붕에서 뛰어내린 흑선규의 모습이 보였다.

발끝에 힘을 모아 전력으로 도약했다.

머리 위에서 떨어지는 잔해가 잠시 시야를 가렸지만 그냥 뚫고 나갔다.

"미친 새끼!"

바닥에 안착하기 직전, 자신을 향해 돌진해 오는 형응을 보며 흑선규는 기가 막혔다.

놀람도 잠깐, 검과 하나가 되어 날아오는 형응을 향해 빙글 몸을 돌리며 장삼을 휘둘렀다.

장삼에 숨겨진 수많은 암기가 빛살처럼 날아갔다.

하지만 그 많은 암기들은 맹렬히 회전을 하며 날아오는 형응의 움직임을 막지 못했다. 회전할 때 일어난 폭풍에 모조리 쓸려갔다.

흑선규는 피하지 않았다. 오히려 냉정한 눈으로 형웅을 노려보며 폭풍의 중심을 향해 검을 뻗었다.

검과 검이 교차하는 느낌을 똑똑히 받았다. 동시에 서로의 검이 노렸던 위치가 살짝 틀어지는 것도.

흑선규의 눈이 부릅떠졌다.

오른쪽 가슴에서 불에 지지는 듯한 고통이 느껴졌다.

제대로 당했다. 하지만 실패는 아니다. 자신의 검이 형웅의 살을 파고드는 감촉을 확실히 느낄 수 있었다.

그러나 서로를 교차해 지나갔던 형웅이 착지를 하자마자 곧바로 공격을 해오니 흑선규의 얼굴이 엉망으로 일그러졌다.

오른쪽 가슴을 관통당한 자신과는 달리 형웅의 부상은 생각보다 미미했다.

왼쪽 팔뚝에 피가 흐르는 것을 보아 팔 하나를 희생하여 공격을 막아낸 것 같았다.

흑선규가 팔을 채찍처럼 휘두르자 길게 늘어난 것처럼 착각을 일으킨 팔이 교묘하게 검을 거슬러 올라가 형웅의 손목을 낚아챘다.

형웅은 굳이 팔을 빼지 않았다.

팔목에서 극심한 통증이 전해졌지만 앞으로 나가던 힘을 실어 흑선규의 얼굴을 그대로 받아버렸다.

비명을 지르며 비틀거리는 흑선규, 형웅은 피투성이가 된 얼굴에서 부러진 이빨 몇 개가 튕겨져 나오는 것을 보며 마지막 일격을 날리기 위해 검을 뻗었다.

바로 그 순간, 형웅이 좌측으로 고개를 홱 돌렸다.

백은의 검이 어느새 코앞까지 짓쳐들고 있었다. 실로 가공할 속도.

최악의 상황이다.

딱히 막기도 피할 방법도 보이지 않았다.

생각은 길지 않았다.

피할 수 없다면 피해를 최소한으로 줄이고 상대에게 그 이상의 타격을 주는 것이 최선이었다.

살을 주고 뼈를 깎는다.

다만 뼈의 주인은 백은이 아니라 흑선규였다.

최대한 몸을 틀었으나 왼쪽 옆구리에서 섬뜩한 느낌과 함께 형언할 수 없는 고통이 전해졌다.

터져 나오는 비명을 억지로 틀어막고 흑선규를 향해 나아가던 검을 끝까지 유지했다.

푸욱!

묵직한 질감과 함께 흑선규의 몸뚱이가 퍼득거리는 것이 느껴졌다.

"빌어먹을!"

형응의 입에서 안타까운 외침이 터져 나왔다.

공격을 성공하기는 했으나 옆구리에 박힌 검으로 인해 치명적인 타격을 안기지 못했기 때문이다.

옆구리에 박힌 검이 꿈틀대는 것을 느낀 형응이 양손으로 검을 잡고 몸을 비틀었다.

검이 부러지면서 상처를 뚫고 피가 솟구쳤다.

손끝에 내력을 집중한 뒤 피를 움켜잡다시피 하여 뿌렸다.

핏방울 하나하나가 구슬처럼 응축되어 백은의 안면을 노렸다.

깜짝 놀란 백은이 양팔을 휘저으며 핏방울을 쳐냈지만 손길을 피해낸 몇 개의 핏방울이 그의 얼굴에 적중했다.

백은이 피투성이가 된 얼굴, 특히 두 눈을 부여잡고 비틀거리자 형응이 그 틈을 놓치지 않고 부러뜨린 검날을 던졌다.

두 눈을 잃은 고통에 백은은 아무런 반응을 하지 못했으나 마령이 백은의 미간을 노리며 짓쳐들던 검날을 쳐냈다.

그것뿐만이 아니었다.

날카로운 파공성과 함께 무엇인가가 날아들었다.

눈으로 확인되지 않을 정도로 작은 세침이었으나 형응의 날카로운 감각은 그것을 놓치지 않았다.

피하기엔 이미 늦었다고 판단한 형응이 양팔을 교차하여 얼굴과 가슴을 보호하고 최대한 몸을 웅크리며 호신강기를 극성으로 펼쳤다.

호신강기에 부딪친 세침들이 사방으로 튕겨져 나갔다.

일부가 호신강기를 뚫고 들어와 몸에 박히긴 했으나 큰 문제는 아니었다.

그것이 끝이 아니었다.

발밑으로 뭔가가 날아들었다.

그것이 조그만 쇠구슬이라는 것을 확인하는 것과 동시에 죽을힘을 다해 도약했다.

하지만 그것은 마령의 기만술이었다. 쇠구슬은 폭발하지 않았다.

쇠구슬을 피해 허공으로 치솟던 형응의 몸이 그대로 고꾸라졌다.

도약할 방향을 예측하고 있던 마령의 공격을 제대로 허용했기 때문이다.

그러나 형응을 공격했던 마령 또한 멀쩡하지 못했다.

마령의 검이 자신의 아랫배를 파고드는 순간, 방금 전, 호신강기를 뚫고 들어온 세침 몇 개를 이빨로 받아냈던 형응이 오히려 그 세침을 마령의 얼굴에 쏘아버린 것이다.

한데 세침이 박힌 곳이 공교롭게도 눈이었다.

힘겹게 몸을 일으킨 형응이 백은과 마찬가지로 눈을 잃고 헤매는 마령을 향해 그대로 주먹을 내질렀다.

손끝에 전해지는 묵직한 느낌에 몸을 부르르 떤 형웅이 흑선규를 찾아 고개를 돌렸다.

수하들의 희생으로 간신히 목숨을 부지한 흑선규가 검에 의지한 채 도망치고 있었다.

아랫배에 박혔던 마령의 검을 뽑아 든 형웅이 흑선규를 향해 걸음을 내딛기 시작할 때였다.

어디선가 놀라움이 한껏 섞인 음성이 들려왔다.

"그것 참, 참으로 지독한 놈이로군."

그것이 추룡무관에서 형웅이 들은 마지막 말이었다.

*   *   *

"어, 어떻게……."

잿더미로 변한 추룡무관 앞, 망연자실한 표정으로 서 있던 풍월은 결국 힘없이 주저앉고 말았다.

"늦은… 건가?"

황천룡이 무거운 표정으로 반쯤 무너져 내린 정문으로 들어갔다.

안의 풍경은 담장 밖에서 보았던 것보다 더욱 끔찍했다.

애당초 추룡무관의 규모가 크지 않았기에 건물 자체가 많지는 않았지만 그나마도 성한 건물이 하나도 없었다.

"제법 큰 싸움이 있었던 것 같군."

황천룡을 따라 들어온 염호가 날카로운 눈빛으로 주변을 살피며 말했다.

"매혼루에서 지킨다면서. 그냥 당하지는 않았겠지. 결과가 좋지 않다는 것이 문제지만."

황천룡이 혀를 차는 사이 좀 더 안쪽으로 들어간 염호의 입에서 나직한 신음이 흘러나왔다. 황급히 그쪽으로 이동한 황천룡의 눈에 두 무더기의 시신이 눈에 들어왔다.

한쪽엔 열일곱 구의 시신들이 나란히 뉘어져 있는 반면 맞은편엔 대여섯 구의 시신이 버려지듯 팽개쳐져 있었다.

염호의 시선은 버려진 시신들을 향해 고정되었고 황천룡은 평소와는 다른 염호의 반응으로 그들이 매혼루의 살수임을 직감했다.

"유감이다. 그래도 최선을 다했으니⋯⋯."

황천룡은 나름 위로를 하려 했으나 염호는 들으려 하지 않았다. 느닷없이 검을 빼 들더니 신중한 걸음으로 아직 불길이 완전히 사그라들지 않은 내원 쪽으로 이동했다.

황천룡이 무슨 일이냐고 물으려는 찰나, 풍월의 신형이 그를 스치듯 지나갔다. 유연청이 멍한 얼굴을 한 그를 향해 손가락을 입에 세웠다.

뭔가 심상치 않은 일이 벌어지고 있음을 직감한 황천룡도 황급히 뒤를 따랐다.

황천룡이 내원 깊숙한 곳에 도착했을 때 상황은 이미 종류가 된 상태였다.

염호의 발 아래, 두 사내가 쓰러져 있었다.

염호가 한 사내의 목에는 자신의 왼발을 올려놓고 다른 사내의 목엔 검을 겨눈 채 무시무시한 살기를 뿜어내고 있었다.

"네놈들, 사신각의 버러지들이냐?"

염호가 물었다.

"……"

사내들이 입을 다물자 염호가 목에 겨눴던 검을 그대로 밀어 넣었다.

한 호흡에 먼지만큼.

"끄아아아!"

검에 찔린 사내의 입에서 끔찍한 비명이 터져 나왔다.

염호의 발에 목이 짓눌린 사내는 동료의 고통을 외면하고자 눈을 질끈 감았다.

염호의 실력과 손속을 감안했을 때 얼마 버티지 못하고 금방 토설을 할 것 같았다. 하지만 풍월은 그 짧은 시간도 지체할 수가 없었다.

풍월이 손을 뻗자 염호의 발 아래에 눌려 있던 사내의 신형이 꿈틀댔다.

염호가 재빨리 발을 치우자 사내의 신형이 풍월에게 빨려 오듯 날아왔다.

사내의 목을 낚아챈 풍월이 그의 눈을 가만히 직시했다.

풍월과 눈을 마주한 사내는 감전이라도 된 사람처럼 몸을 부르르 떨었다.

급격히 확대되는 동공, 벌어지는 입, 모든 근육들이 미친 듯이 경련했다. 바지가 축축이 젖기 시작하는 것을 보면 오줌까지 싸는 것 같았다.

사내의 급작스러운 변화에 다들 놀란 눈을 치켜뜰 때 풍월이 착 가라앉은 목소리로 물었다.

"이름."

사내의 입에서 공포에 짓눌린 음성이 흘러나왔다.

"호… 융."

"사신각이냐?"

"그렇… 습니다."

잠시 머뭇거린 풍월이 애써 호흡을 가다듬으며 물었다.

"이곳, 추룡무관의 식솔… 들은 어찌 되었지?"

"이미 도주를……."

도주라는 말에 풍월의 몸이 그대로 굳었지만 표정만큼은 전과 비할 수 없이 환해졌다.

"다른 놈들은 어디로 갔지? 추룡무관의 식솔들을 쫓아간 거냐?"

"화영… 표국으로……"

더 이상 들을 것도 없었다.

풍월은 사내를 내팽개치고 그대로 몸을 돌렸다.

등 뒤로 짧은 신음이 들려왔다.

염호가 호융과 그의 동료의 숨통을 끊는 것임을 알았지만 말리고 싶은 마음은 전혀 없었다.

"루주님의 시신이 없습니다. 아마도 가족 분들과 화영표국으로 이동하신 것 같습니다."

어느새 뒤로 따라붙은 염호가 조용히 말했다.

"예, 무사할 겁니다."

풍월이 무겁게 고개를 끄덕였다.

형웅이 추룡무관의 식솔을 화영표국으로 미리 피신시킨 것을 알지 못하는 두 사람은 형웅이 식솔들을 데리고 추룡무관을 탈출한 것이라 믿고 있었다.

'조금만 더 버텨다오.'

풍월은 환하게 웃는 형웅의 얼굴을 떠올리며 전력을 다해 달리기 시작했다.

쾅!

검우령의 손짓에 화영표국의 정문이 그대로 박살이 났다.

문이 박살 나기가 무섭게 엄청난 양의 화살이 날아들었다.

적의 공격을 미리 알고 안쪽에서 대기하고 있던 표사들이 일제히 화살을 날린 것이다.

"츱."

혀를 찬 검우령이 가볍게 손을 휘젓자 그를 향해 짓쳐들던 무수한 화살이 낙엽처럼 흩날렸다. 그중 하나를 낚아챈 검우령이 재차 활시위를 재고 있는 표사들을 향해 날렸다.

섬전처럼 날아간 화살이 표사의 몸을 뚫고 지나갔다.

표사의 심장을 관통한 화살은 흔적도 없이 사라졌지만 그 힘은 여전히 남아 표사의 몸을 삼 장 가까이 날려 버렸다.

그 한 수에 모든 표사들이 얼어붙었다.

검우령이 부드러운 웃음을 지으며 경고했다.

"한 번은 환영 인사로 알겠다. 하지만 두 번은 아니니까 알아서 치워라."

검우령의 경고에 아무도 반박을 하지 못했다. 감히 화살을 날릴 생각도 못했다.

화영표국 전체를 아우르는 검우령의 기세는 그만큼 압도적이었다.

"머, 멈춰랏!"

구원후가 장창을 앞세우며 앞으로 나섰다.

백발을 휘날리며 자신의 앞을 막는 구원후를 바라보며 검우령의 입가에 엷은 미소가 지어졌다.

"누구신지 여쭤도 되겠습니까?"

검우령의 정중한 태도에 구원후도 함부로 대할 수가 없었다.

"구원후라 하오."

"구원… 후. 아, 풍룡창 노선배시구려. 명성은 익히 들어 알고 있었습니다."

검우령이 느닷없이 포권을 하며 예를 표하자 구원후는 물론이고 숨 막히는 긴장감 속에 두 사람의 대화를 지켜보던 화영표국의 표사들과 화영표국의 연락을 받고 다급히 달려온 항주의 무인들은 당황함을 금치 못했다.

"그, 그저 보잘 것 없는 이름일 뿐이오."

"하하하! 천만의 말씀입니다. 지금 이 자리에서도 증명하고 있지 않습니까. 한낱 기세에 눌려 옴짝달싹 못하는 한심한 종자들과는 확실히 다르다는 것을."

검우령은 자신이 내뿜은 기운을 감당하지 못하고 주춤거리는 군웅들을 보며 비웃음을 흘리다 누군가를 향해 손짓했다.

"매혼루의 사람들은 앞으로 나서라."

검우령의 시선은 정확히 강와에게 향해 있었다.

자신들을 어찌 알아봤는지 모르겠지만 검우령의 이목을 피할 수 없다고 여긴 강와가 앞으로 나서자 그를 수행하는 추혼전의 요원들이 병풍처럼 둘러쌌다.

"매혼루에서 수작을 부린 걸 알고 있다. 추룡무관 식솔들을 데려와라. 그럼 아무도 피를 흘리지 않을 거다."

강와는 대답 대신 질문을 했다.

"루주… 님은 어찌 되셨지?"

"루주? 아, 그 애송이 말이냐?"

너털웃음을 흘린 검우령이 손짓하자 형웅을 비롯하여 사로잡힌 매혼루의 살수들이 사신각 살수들의 손에 개처럼 끌려왔다. 특히 두 손을 포박당한 채 바닥에 쓰러져 끌려온 형웅의 몰골이 말이 아니었다.

검우령의 명에 의해 형웅의 숨통을 끊지 못한 흑선규는 추룡무관에서 화영표국으로 이동하는 내내 형웅을 괴롭혔다.

그러니 간신히 목숨만 이어갈 수 있을 정도로 온몸을 난자했다고 해도 과언이 아닐 정도였다.

검우령은 그런 흑선규의 만행을 보면서 딱히 제지하지는 않았다.

추룡무관을 공격하는 과정에서 사신각의 살수들이 상당한 피해를 당했고, 개천회의 충직한 수하로서 나름 열심히 애쓰는 사신각 각주의 체면도 적당히 세워줄 필요는 있다고 여긴 것이다.

온몸에 피 칠갑을 하고 끌려 나온 형웅을 보며 강와는 형언할 수 없는 분노를 느끼며 두 주먹을 꽉 쥐었다. 손톱이 살갗을 파고들어 피가 줄줄 흘러내렸지만 강와의 시선은 오직 형웅을 향할 뿐이었다.

"추룡무관의 식솔들을 데려와라. 그러면 그대들도 살고 이자들도 산다. 물론 식솔들의 안전도 내가 보장한다."

그 누구도 검우령의 말에 반응을 하지 않았다.

최대한 선심을 썼음에도 별다른 반응이 없자 검우령이 실망한 듯 말했다.

"아직도 자신들이 처한 상황을 모르는 것 같군. 좋아, 제대로 된 상황 파악을 위해서라면 적당히 피를 보는 것도 나쁘지는 않겠지."

검우령의 말이 떨어지기가 무섭게 검을 꺼내 든 흑선규가 포로로 잡힌 염쾌에게 다가갔다.

"아, 안 돼!"

강와가 자신도 모르게 소리쳤다.

강와의 외침을 들은 것인지 죽은 듯 쓰러져 있던 형웅이 고개를 쳐들었다.

형웅이 안겨준 부상 때문에 걸음을 내디딜 때마다 오만상을 찌푸리는 흑선규가 염쾌의 머리를 뒤로 확 젖혔다.

"그, 그만… 둬."

형웅이 피를 토하며 소리쳤지만 그의 고통은 흑선규에겐

참을 수 없는 쾌락과 같았다.

"영감, 눈도 뵈지 않으면서 왜 끼어들어? 꼴을 보아하니 적당히 뒈질 만큼 나이도 처먹었으면서."

흑선규가 퀭하게 뚫린 염쾌의 눈을 손가락으로 쑤시며 조롱했다.

"크크크. 네놈에게 선물하고 싶은 게 있어서. 퉤!"

피할 사이도 없이 날아든 염쾌의 피 묻은 가래침이 흑선규의 얼굴에 맞았다.

"이 미친 영감탱이가!"

흑선규의 주먹이 그대로 염쾌의 얼굴을 후려쳤다.

염쾌의 몸이 비명도 지르지 못한 채 축 늘어졌지만 흑선규의 화는 조금도 풀리지 않았다.

"버러지 같은 늙은이! 그냥 곱게 뒈지면 될 것을 감히 누구에게 침을 뱉고 지랄이야!"

진한 욕설과 함께 손에 들린 검이 염쾌의 몸 위에서 춤을 췄다. 검이 스칠 때마다 염쾌의 몸에서 피가 솟구쳤다.

"그만! 그만하라고! 으아아아아!"

형웅이 피눈물을 흘리며 울부짖었지만 흑선규는 장난하듯 염쾌의 몸을 형웅의 앞으로 끌고 왔다.

"영감! 괜찮아? 눈 좀 떠봐!"

형웅이 몸부림치며 염쾌를 불렀다.

"으으으."

나직한 신음과 함께 염쾌의 입이 살짝 열렸다.

"루… 주… 님 노신… 은 먼… 저 부디……."

염쾌의 마지막 말은 끝까지 이어지지 못했다.

"지랄들을 해라."

소도를 꺼내 든 흑선규가 조롱 섞인 말과 함께 염쾌의 목을 베어버린 것이다.

목에서 뿜어져 나온 피가 형웅의 얼굴을 적셨다.

형웅의 몸이 돌처럼 굳었다.

부릅뜬 눈은 싸늘히 식어가는 염쾌에게 고정되었다.

어린 나이에 부모를 잃고 지금껏 할아버지로서, 아비로서 평생을 함께해 온 염쾌의 죽음에 머릿속이 하얗게 변해 버렸다. 아무것도 생각할 수 없고 아무런 말도 생각나지 않았다.

어느 순간, 형웅의 입에서 뭐라 표현할 수 없는 처절한 외침이 터져 나왔다.

"으아아아아!"

곧 죽을 몸 어디에서 그런 힘이 솟구치는지 끔찍한 살기가 전신에서 뿜어져 나왔다. 하지만 치명적인 부상을 당한 채 손발이 묶인 그가 할 수 있는 것은 아무것도 없었다. 발버둥 치면 칠수록 비참해질 뿐이었다.

그런 형웅의 처절한 모습을 참지 못한 추혼전의 요원들이 흑선규에게 달려들었지만 사신각 살수들에 의해 막히고 말았다.

"더! 더욱더 고통스러워하고 아파해라. 이 버러지 같은 놈아."

흑선규는 형웅의 머리 위에 발을 올린 채 승자의 지위를 마음껏 누렸다.

"이제 그……"

지금껏 흑선규의 방종을 용인하던 검우령이 승리감에 도취된 흑선규가 행여나 쓸데없는 짓을 할까 걱정하여 말리려 할 때였다.

파스스스슷!

엄청난 파공성과 함께 한 자루의 칼과 한 자루의 검이 화영표국으로 날아들었다.

나란히 정문을 통과한 검과 도가 급격히 방향을 틀었다.

칼은 검우령에게 향했고, 검은 여전히 형웅의 머리에 발을 올려놓고 있는 흑선규에게 향했다.

검우령이 지금껏 보지 못한 심각한 표정으로 검을 빼 들곤 자신을 향해 짓쳐오는 칼을 향해 전력으로 휘둘렀다.

꽈꽈꽈꽝!

엄청난 충격음, 충격파와 함께 검우령의 신형이 쭈욱 밀려났다.

거의 오 장 가까이 뒷걸음질한 검우령이 믿을 수 없다는 표정으로 부들부들 떨리는 손을 바라보았다.

칼의 힘에 밀리기는 하였으나 별다른 부상을 당하지 않은 검우령과는 달리 흑선규는 빛살처럼 날아든 검을 막아내지 못했다.

정상적인 몸으로 충분히 대비를 해도 막기 힘든 공격이다. 한데 형웅과의 싸움에서 큰 부상을 당한 데다가 승리감에 도취되어 무방비 상태나 다름없었다.

흑선규가 검의 존재를 눈치챘을 때 검은 이미 그의 양다리를 자르고 지나간 후였다.

맥없이 무너진 흑선규가 형웅 앞에 고꾸라졌다.

죽을힘을 다해 몸을 튕긴 형웅이 흑선규를 덮쳤다.

"으아아아악!"

형웅이 고통에 몸부림치는 흑선규의 목덜미를 그대로 물어뜯었다.

"끄으으으!"

흑선규의 입에서 이전과는 전혀 다른 비명이 터져 나왔다.

흑선규가 형웅을 떼어내기 위해 필사적으로 양팔을 휘둘러댔지만 소용없었다.

그를 도와줘야 할 수하들마저 움직이지 못할 정도로 끔찍한 광경이었다.

점점 비명 소리가 잦아들고 몸부림도 사그라들었다.

흑선규의 입에서 흘러나오던 비명이 희미한 신음으로 바뀔 때 화영표국을 가로지른 검과 칼의 주인이 여명(黎明)과 함께 모습을 드러냈다.

제59장

자존심

피아 가릴 것 없이 모든 이들의 시선이 정문을 통과하는 이들에게 향했다.

풍월을 필두로 유연청과 황천룡, 염호가 그 뒤를 따랐다. 염호의 등에는 정신을 잃은 듯한 누군가가 업혀 있었다.

가장 먼저 풍월을 알아본 사람은 강와였다.

"아!"

두 자루의 칼과 검이 날아와 검우령을 밀어내고 형웅을 구할 때부터 풍월이 도착했다고 확신한 강와는 풍월의 얼굴을 확인하자마자 기쁨의 함성을 터뜨렸다.

화영표국의 표사들도 풍월을 금방 알아봤다.

"풍 공자다."

"와아아아!"

표사들이 내지르는 함성이 화영표국을 뒤흔들었다.

열렬한 환호를 받으며 화영표국에 도착한 풍월은 곧바로 형응을 향해 걸어갔다.

형응과 흑선규는 여전히 한 몸처럼 엮여 있었다.

형응은 흑선규의 목을 물어뜯은 채였고 흑선규의 양손은 형응의 머리를 꽉 움켜쥐고 있었다.

풍월은 흑선규가 이미 숨이 끊어졌음을 확인하곤 형응의 머리를 잡고 있는 손을 풀려고 했다.

죽는 순간까지 힘을 주고 있었는지 손은 쉽게 풀리지 않았다. 손가락을 거의 꺾다시피 하여 겨우 떼어낼 수 있었다.

그 와중에도 형응은 흑선규의 목을 물고 있었다.

입과 주변 근육이 미세하게 움직이고 있는 것으로 보아 희미하게나마 의식은 살아 있는 것 같았다.

오직 흑선규를 죽여야겠다는 일념 하나로 목을 물고 있는 것인지라 온전한 정신이 있다고 보기는 어려웠다.

형응의 머리에서 흑선규의 손을 떼어놓은 풍월은 형응의 결박을 풀었다. 손발이 자유롭게 풀렸음에도 형응은 꼼짝도 하지 않았다.

풍월이 흑선규의 머리를 슬며시 잡아당기자 형웅의 머리도 함께 따라왔다.

한숨을 내쉰 풍월이 형웅의 귓가에 속삭이듯 말했다.

"형이다. 놈은 이미 죽었으니까 이제 그만 봐도 된다."

순간, 초점 없던 형웅의 눈빛에 미약하게나마 생기가 돌았다.

눈동자가 자신을 향해 움직이고 있음을 확인한 풍월이 애써 미소를 지으며 말했다.

"소식 듣고 정말 죽을힘을 다해 달려왔는데 너무 늦었네. 미안하고 고맙다."

"으으으."

형웅의 입에서 신음이 흘러나왔다.

풍월은 축 늘어진 형웅의 손이 움찔거리는 것을 보곤 재빨리 흑선규의 머리를 치웠다. 조금 전과는 달리 흑선규의 몸과 형웅이 자연스럽게 떨어졌다.

흑선규의 시신을 집어 던진 풍월이 형웅을 품에 안았다. 그러고는 조금씩 진기를 불어넣었다.

"올… 줄 알았습니다."

형웅이 힘없이 말했다.

"그래."

"태상장로가, 망할 영… 감이 죽었습니다."

"……."

"눈도 뵈지 않는 영감… 이 나선다고 했을 때 어떻게든 막았… 어야 했는데 고집… 을 꺾지 못했어요. 내… 가 죽인 겁니다."

형응의 눈에서 뜨거운 눈물이 흘러나와 볼을 타고 흘러내렸다.

"루주님의 잘못이 아닙니다."

어느새 다가온 강와가 형응의 한쪽 손을 잡았다.

"태상장로님은 우리처럼 구차한 삶보다는 루주님의 곁을 지키며 명예로운 죽음을 선택한 겁니다. 그랬기에 그토록 당당히 웃으면서 가실 수 있었던 겁니다."

하지만 형응은 강와의 말을 듣지 못했다.

형응이 의식을 잃은 것을 눈치챈 강와가 깜짝 놀라며 풍월을 바라보았다.

"순간적으로 정신을 잃은 것이니 괜찮을 겁니다. 몸과 마음이 너무 많이 지친 모양이네요."

풍월이 피로 물든 형응의 얼굴을 안쓰러운 표정으로 쓰다듬으며 말했다.

"그렇… 군요."

안도의 한숨을 내쉰 강와가 풍월을 대신해 형응을 안아들었다.

형웅을 강와에게 맡긴 풍월이 천천히 몸을 일으켰다.

화영표국에 모인 모든 이들의 눈이 그의 움직임만을 쫓았다.

풍월의 시선이 가장 먼저 굳은 얼굴로 서 있는 검우령에게 향했다.

서로의 시선이 허공에서 얽혔다.

검우령이 무슨 말인가를 꺼내려는 찰나, 풍월의 몸이 갑자기 움직이며 후미에서 잔뜩 긴장한 얼굴로 대기하고 있던 사신각 살수의 얼굴을 후려쳤다.

풍월에게 가격당한 살수의 얼굴이 반쯤은 뭉개지고 몸이 허공으로 치솟을 때 주변에 있던 살수들의 검이 풍월의 옆구리를 치고 들어왔다.

매혼루와의 싸움에서 살아남은 살수의 숫자는 대략 이십 명, 비록 특급 수준의 살수는 서너 명에 불과했으나 나머지는 모두 일급살수들이었다. 그만큼 반응이 빨랐다.

하지만 풍월의 움직임은 그들의 검보다 훨씬 빨랐다.

허공으로 몸을 띄운 풍월이 자신의 옆구리를 향해 검을 날린 살수의 면상을 걷어차고 그 힘을 이용해 삼 장을 솟구쳐 올랐다.

풍월의 손에는 어느새 묵뢰가 들려 있었다.

어지럽게 모이고 흩어지며 불꽃 모양의 방진을 구축하는 살수들을 차갑게 노려보며 천마대공의 힘을 묵뢰에 모았다.

풍월이 하강을 하며 묵뢰를 휘둘렀다.

묵뢰에서 뿜어져 나온 강기가 주변을 에워싸고 있는 살수들을 향해 날아갔다.

천마무적도 이초식, 천마우.

비처럼 내리는 강기는 너무도 빠르고 위력적이어서 일개 살수가 감당할 수 있는 것이 아니었다.

그러나 열화오륜진(烈火五輪陣)의 일부가 된 사신각의 살수들은 피할 생각을 하지 않고 천마우에 정면으로 맞섰다.

열화오륜진이 일으킨 불꽃이 천마우의 강기와 부딪쳤다.

꽈꽈꽝!

거친 충돌음과 함께 천마우의 강기에 정면으로 맞선 네 명의 살수가 그 자리에서 절명하고 산산조각 난 그들의 무기가 암기가 되어 동료들을 덮쳤다.

사신각의 살수들은 파편에 부상을 당하면서도 진형을 유지하려고 애썼다.

묵뢰가 다시금 움직였다.

빛살보다 더 빠른 뭔가가 그들의 심장을 관통했다.

"크헉!"

"컥!"

외마디 비명과 함께 또다시 다섯 명의 살수들이 그 자리에서 절명했다.

천마우와 천마섬, 단 두 번의 공격에 절반 가까운 인원이 목숨을 잃자 열화오류진도 순식간에 박살이 났다.

"물러서지 마라! 놈의 발을 묶어!"

특급살수이자 사신각 장로 점화가 악을 쓰며 신호를 보냈다.

점화의 외침에 살아남은 살수들이 일제히 몸을 날렸다.

발을 묶으라는 것은 자신을 희생하라는 신호. 목숨을 버려서라도 적의 움직임을 봉쇄하라는 명이었다.

일곱 명의 일급살수들이 전후좌우에서 풍월을 향해 몸을 날리는 사이, 점화와 두 명의 특급살수들이 그들의 그림자에 조용히 숨어들었다.

묵뢰를 늘어뜨린 풍월은 오연한 자세로 그들을 기다렸다.

"크악!"

좌측에서 공격을 하던 살수가 갑자기 비명을 내지르며 튕겨져 나갔다. 바로 옆에서 검을 내지르던 살수 역시 갑자기 산산조각 난 검을 의아하게 바라보다 느닷없이 들이친 힘에 비명도 내뱉지 못하고 숨이 끊어졌다.

풍월을 공격했던 다른 살수들 역시 같은 신세를 면치 못했다. 자신들의 공격보다 몇 배는 더 강력하게 돌아오는, 천마탄강의 무지막지한 위력에 모조리 치명상을 잃고 쓰러졌다.

'빌어먹을!'

수하들의 희생을 발판으로 풍월을 공격하려던 점화와 두 명의 특급살수들은 뭔가가 잘못되었다는 것을 눈치채고 재빨리 물러나려 했다.

입가에 조소를 띤 풍월이 도주하는 특급살수들을 향해 묵뢰를 사선으로 휘둘렀다.

검우령 쪽으로 도주하던 특급살수의 몸이 어깨에서 옆구리까지 그대로 잘려 나갔다.

묵뢰가 풍월의 손을 떠났다. 거의 동시에 묵운도 허공을 가르고 있었다.

날카로운 파공성과 함께 허공을 가른 묵뢰가 막 정문을 넘던 특급살수의 등을 관통했다.

자신이 살 길은 오직 형응을 인질로 잡는 것이라 판단하고 달려들던 점화 역시 형응을 코앞에 두고 고꾸라졌다. 빛살처럼 날아온 묵운이 그의 심장을 관통해 버린 것이다.

재미있는 것은 강와의 반응이었다.

점화가 형응을 노리며 달려오는 것을 보고도 그는 아무런 조치도 취하지 않았다. 심지어 깜짝 놀란 수하들이 점화를 막으려 할 때 오히려 수하들을 뒤로 물렸다. 점화의 실력을 감안했을 때 어차피 막지도 못하고 괜히 목숨만 잃을 게 뻔했다. 그럴 바엔 풍월을 믿는 것이 속 편했다.

강와의 믿음에 확실하게 응답한 풍월이 우아한 호선을 그리며 되돌아온 묵운과 묵뢰를 회수하며 조금은 의아한 눈길로 검우령을 바라보았다.

사신각의 살수들이 전멸을 하는 동안 검우령은 한 발자국도 움직이지 않았기 때문이다.

풍월이 검우령을 향해 걸어갔다.

삼 장의 거리를 두고 두 사람이 마주했다.

"네가 풍월이군."

"그렇소. 한데 어째서 함께 공격하지 않은 거요?"

풍월이 물었다.

"누구와? 아, 이놈들 하고?"

검우령이 자신의 발아래 고꾸라져 있는 살수의 몸을 툭 건드리며 말했다.

"내 평생 누군가에게 합공을 해본 적은 없었다. 하물며 살수 따위와……."

검우령의 오만한 표정을 보며 풍월은 피식 웃고 말았다.

그렇다고 비웃거나 하지는 않았다. 눈앞의 인물이 그 정도 오만함은 지녀도 수긍할 수 있을 정도로 뛰어난 실력을 지녔음을 느낄 수 있었기 때문이다.

"매혼루, 아니, 형응의 일, 고맙다고 해야 하는 겁니까?"

풍월이 염호에게 업힌 자를 힐끗 바라보며 물었다.

형웅을 사로잡은 흑선규는 그를 갈기갈기 찢어버리고 싶어
했는데 검우령이 그것을 막았다는 것을 추룡무관을 떠난 직
후, 생존자를 통해 전해 들었다.

"고마울 것 없다. 나 좋자고 한 일이다. 원래는 예정에 없
던 놈들이긴 했지만 우리 계획에 도움이 될 수도 있었으니
까."

계획이란 말에 풍월의 시선이 차가워졌다.

사신각, 정확히는 개천회에서 자신의 가족을 노렸음을 상기
한 것이다.

"어째서 식솔들의 목숨을 노린 것이오? 그래도 나름 무림을
도모한다는 개천회가 이따위 치졸한 음모를 꾸밀 줄은 몰랐
소."

풍월의 조롱 섞인 질타에 검우령도 씁쓸한 표정을 지었
다.

사마조의 눈물(?) 섞인 부탁으로 어쩔 수 없이 계획에 동참
을 하기는 했지만 그는 계획 자체를 영 탐탁지 않게 생각하고
있었다.

"목숨? 우리가 식솔들의 목숨을 노렸다고 생각하는 것이
냐? 흡, 그들의 목숨을 취해서 뭘 할까. 그걸 원했다면 추룡무
관의 식솔들이 이곳으로 도망쳤다는 것을 확인했을 때 바로
이곳으로 왔겠지. 그랬다면 이미 식솔들은 우리 손에 사로잡

혔거나 저들처럼 되었을 터."

검우령이 차갑게 식어가는 사신각의 살수들을 가리키며 말
했다.

풍월은 검우령의 말 속에서 적들이 추룡무관을 노린 것이
단순히 자신이 그들의 일을 막은 것에 대한 보복 차원이 아니
라 뭔가 다른 의도가 있음을 눈치챘다.

"원하는 것이 뭡니까? 내게 원하는 것이 있으니……."

입을 열던 풍월은 자신의 질문 자체가 얼마나 멍청한 것인
지 깨달았다.

단순히 복수가 아니라면 개천회가 추룡무관의 식솔들을
이용해 자신에게 원할 것은 너무도 뻔했다.

"개천회에선 내가 천마의 무공을 얻었다고 생각하는 모양
이오."

"아니냐?"

검우령이 반문했다.

"……."

"넌 삼 년 전, 다른 곳도 아니고 천마동부에서 실종이 되었
다가 살아왔다. 게다가 화산에서 보여준 실력은 예전과 확연
이 달랐고. 당연히 천마의 무공을 얻었다고 의심할 수밖에 없
는 상황이지. 아니냐?"

검우령이 재차 물었다.

화영표국에 모인 모든 이들의 시선이 풍월의 입으로 향했다.

그들 역시 풍월이 천마동부에서 실종되었음을 알고 있었기에 숨조차 제대로 쉬지 못했다.

"맞소. 내가 천마의 무공을 얻었소이다."

굳이 거짓말을 할 필요를 느끼지 못한 풍월이 선언하듯 말했다.

검우령이 눈썹을 치켜 올리며 주먹을 불끈 쥐었다.

"세상에!"

"푸, 풍 공자가 천마의 무공을!"

엄청난 충격이 화영표국에 휘몰아쳤다.

고금제일인으로 추앙받는 천마의 무공이 진짜로 존재했다는 것도 놀랍거니와 풍월이 그것을 얻었다는 것은 놀람을 떠나 경악 그 자체였다.

"아무튼 개천회에선 내가 천마의 무공을 얻었다고 판단했고, 그래서 추룡무관을 노렸다는 말이구려. 가족들을 인질삼아서 내게 천마의 무공을 얻으려고. 아, 그러고 보니 형웅의 목숨을 살려준 것도 그런 계획의 일환이라고 했었네."

"……."

"나 원. 뒷골목의 쓰레기들도 아니고. 안 쪽팔립니까?"

"……."

검우령은 차마 입을 열지 못했다.

풍월은 온갖 감정이 교차하는 그의 표정을 보고는 비웃듯
말했다.

"가시오. 어쨌거나 형웅의 목숨을 빚진 건 사실이니까 지금
은 그대로 보내주겠소. 가족을 노린 대가는 이미 충분히 받았
으니까."

"무슨 뜻이냐?"

풍월의 말투에서 묘한 이질감을 느낀 검우령이 미간을 찌
푸리며 물었다. 단순히 사신각 살수들의 목숨을 취한 것을
말하는 것 같지가 않았다.

"이번 계획에 동원된 이들이 사신각뿐만이 아닌 것 같던데.
아니오?"

풍월의 물음에 검우령의 눈동자가 크게 흔들렸다.

"설마 동검단 아이들을 만난 것이냐?"

질문을 하는 검우령의 얼굴엔 당황하는 기색이 역력했다.

"그저 만나기만 한 것 같소?"

풍월의 반문에 검우령의 입에서 절로 한숨이 흘러나왔
다.

가족의 위험을 알고 전력으로 달려오는 풍월과 동검단이
만났다면 그 결과가 어찌 되었을지는 굳이 설명할 필요도 없
는 것이다.

"마지막으로 한 번 더 기회를 주겠소. 그냥 돌아가시오."

풍월은 대답을 기다릴 것도 없다는 듯 몸을 돌렸다.

잠시 고개를 떨궜던 검우령이 길게 숨을 토해내며 고개를 들었다.

"멈춰."

형응에게 걸어가던 풍월이 고개만 슬쩍 돌렸다.

"호의는 고맙지만 유감스럽게도 받아들일 수가 없구나. 이게 허락하질 않아."

검우령이 검으로 자신의 가슴을 탁탁 치며 말했다.

"쓸데없는 자존심일 뿐이오."

"누군가에게는 그것이 전부일 수도 있지. 또한 명색이 개천회의 무상으로서 주어진 임무가 있는데 그냥 물러설 수는 없는 것이다."

개천회, 그리고 무상이라는 이름에 주변이 술렁거렸다.

무상이라 함은 흔히 조직의 무를 상징하는 지위.

군웅들은 조금 전, 검우령이 보여준 압도적인 기세를 비로소 이해를 할 수가 있었다.

"식솔들을 위협하여 천마의 무공을 강탈하고자 하는 것을 임무라고 부르기엔 참으로 낯부끄러울 것 같소만. 또한 지금에 와서 그것이 가능하다 보시오?"

풍월의 물음에 검우령이 엷은 미소를 지으며 자신의 검으로 다시금 가슴을 두드렸다.

"이게 시킨다고 하지 않나. 아, 참고로 내가 이긴다면 천마의 무공을 순순히 넘겨주게. 자네가 거부하면 어쩔 수 없이 식솔들을 인질로 잡을 수밖에 없음이니."

인질 운운하는 말에 풍월의 얼굴에 한기가 일었다.

화가 치민 풍월이 입을 열려는 찰나, 검우령의 말이 빠르게 이어졌다.

"만약 내가 지면 침옥(沈獄)의 위치를 알려주지."

"……."

풍월이 별다른 대꾸 없이 굳은 표정으로 침묵하자 검우령의 한쪽 입꼬리가 올라갔다.

"뭔지 모르는 것이 당연하지. 일종의 감옥이라 생각하면 된다. 본 회에 대항하는 자들을 가둬둔."

검우령이 군웅들을 슬쩍 둘러보며 말했다.

"참고로 삼 년 전, 천마동부에서 사로잡힌 자들이 갇혀 있는 곳이기도 하고."

쾅!

엄청난 충격이 풍월과 군웅들의 뒤통수를 후려쳤다.

다들 입을 쩍 벌린 채 경악으로 가득한 눈으로 검우령을 바라보았다.

당시 천마동부에서 실종된 인원이 무려 이백에 이른다.

지금껏 단 한 명도 돌아오지 못했기에 다들 죽은 줄로만 알았던 그들이 침옥이라는 곳에 갇혀 있다는 사실이 무림에 알려지면 그야말로 난리가 날 터였다.

"그들은 어찌 되었소? 모두 살아 있는 것이오?"

풍월이 살짝 떨리는 음성으로 물었다.

실종자 중에는 화산파의 제자들도 있었고 개방의 제자들도 있었다. 인연을 끊었다고는 해도 쉽게 외면하기 힘든 서문세가의 식솔들도 있었다.

"절반 정도는 살아 있다. 하지만 언제까지 버틸지는……"

검우령이 말꼬리를 흐리며 그들의 상태가 그리 좋지 않음을 드러냈다.

"침옥의 위치를 알려주겠다는 말, 사실이오?"

풍월의 물음에 검우령이 환하게 웃으며 고개를 끄덕였다.

"물론. 날 쓰러뜨려야 한다는, 그리고 반대로 내가 이겼을 때 천마의 무공을 내놓아야 한다는 전제가 붙겠지만."

그때였다. 심각하게 대화를 듣고 있던 강와가 끼어들었다.

"함정을 파겠다는 말입니다."

풍월을 비롯한 군웅들의 시선이 여전히 정신을 잃은 형응을 안고 있는 강와에게 향했다.

"침옥으로 풍 공자를 끌어들이려 하는 것입니다."

강와의 말을 들은 풍월이 검우령을 바라보았다. 어깨를 한

번 으쓱인 검우령이 느긋한 태도로 말했다.

"내가 가진 권한으론 그들을 풀어줄 수 없다. 그저 위치만 알려줄 수 있을 뿐. 물론 그들을 구하려면 각오는 하고 와야 겠지만."

더 이상 들을 것도 없었다. 풍월이 묵운을 등에 매고 있는 검집에 꽂은 뒤 묵뢰를 치켜들었다.

"약속, 지키는 것이 좋을 것이오."

마침내 풍월과의 대결이 성사되자 검우령이 더없이 환한 얼굴로 고개를 끄덕였다.

"너 역시."

검우령은 왼손에 든 검집을 버렸다.

검사가 검집을 버린다는 것은 말 그대로 목숨을 건다는 것. 검우령이 검집을 버리는 것을 본 군웅들은 터질 듯한 긴장감에 숨도 제대로 쉬지 못했다.

검우령의 표정은 생각보다 담담해 보였다.

들고 있는 검을 자연스럽게 늘어뜨린 채 풍월을 향하는 걸음은 여유로웠다. 하지만 검을 쥔 손이 촉촉이 젖어 있었으니 그만큼 부담감을 느끼고 긴장했다는 증거였다.

검우령이 나직한 기합성과 함께 늘어뜨렸던 검을 들어 양손으로 굳게 잡았을 때 그가 전력을 다해 일으킨 내력이 검에 모이면서 폭발적인 기운을 발출했다. 그 힘이 얼마나 강력한

지 주변에서 싸움을 지켜보던 이들이 기겁하며 물러날 정도였
다.

폭풍 속에서 홀로 빛나는 검우령을 보며 풍월이 감탄사를
내뱉었다.

"대단하네."

검우령의 몸이 풍월을 향해 움직였다.

양손으로 움켜쥔 검이 부드럽게 움직이며 원을 그렸다.

청광(靑光)을 띤 강기의 고리가 빛살처럼 날아와 풍월을 덮
쳤다.

풍월은 감히 경시하지 않고 신중히 묵뢰를 움직였다. 그렇
다고 물러서거나 피하지 않았다.

구산팔해로 상대의 공격을 막고 풍뢰법천과 풍뢰천멸을 연
속적으로 펼치며 반격을 가했다.

꽝! 꽝! 꽝!

폭음이 터지는 듯한 굉음이 연속적으로 터지면서 화영표국
전체가 뒤흔들렸다.

풍월과 검우령은 단 한 번의 충돌에서 무려 이십여 초에 가
까운 공방을 나누며 사방 삼십여 장을 초토화를 시켰다.

그 충돌의 여파에 휩쓸려 화영표국 전각 세 채가 흔적도 없
이 사라졌다.

잠시 물러나 서로를 바라보며 호흡을 가다듬은 두 사람.

풍월은 그토록 치열한 공방을 펼쳤음에도 호흡 하나 흐트러지지 않았으나 검우령은 어깨를 살짝살짝 들썩이고 있었다.

왼쪽 뺨에선 피가 흐르고 옆구리 쪽에서도 선혈이 비쳤으나 싸움에 영향을 줄 정도의 큰 부상은 결코 아니었다.

"진짜 미쳤다!"

황천룡이 입을 쩍 벌리며 소리쳤다.

유연청은 별다른 대꾸 없이 잔뜩 굳어진 얼굴로 두 사람에게 시선을 고정시켰다.

군웅들의 반응은 황천룡과 같았다. 다들 넋을 잃고 있었다.

그들 대부분은 풍월과 검우령이 어떻게 공격을 했고 어떻게 막았으며 어떻게 역공을 했는지 제대로 알아보지 못했다.

다만 온몸에 전해지는 기세에서, 그들이 발길이 머물 때마다 초토화되는 주변을 보며 그들이 얼마나 치열한 공방을 펼치고 있는지 느낄 수 있었다.

'버겁네. 녀석이 어째서 놈과 절대로 충돌을 하면 안 된다고 했는지 이해가 되는구나.'

검우령은 이십여 초나 이어진 공방을 통해 풍월의 강함을 확실하게 알 수 있었다.

검우령은 사마조가 보내온 서찰, 풍월과 충돌을 해선 안 된다는 말을 강조, 또 강조한 글의 내용을 떠올리며 쓴웃음을 지었다. 어째서 사마조가 그렇게 유난을 떨었는지 뼈저리게 느낄 수 있었다.

'최악의 경우에 놈에게 침옥의 존재를 알리라고 했던가. 마치 이런 상황을 예측한 것 같구나. 아무튼 네가 원하는 대로는 해주었다. 이제 남은 것은……'

검우령이 자신의 공격을 기다리는 풍월을 바라보며 입술을 질끈 깨물었다.

검우령이 다시금 전력으로 내력을 끌어올렸다.

검에서 뿜어져 나오는 청광이 더욱 짙어져 종내에는 새하얗게 빛났다.

풍월은 검우령의 기세를 보곤 그가 승부를 보려 한다는 것을 깨달았다.

기세는 물론이고 몸에 전해지는 날카로움 또한 전과는 비교가 되지 않을 정도로 매서웠다.

풍월 역시 천마대공을 운기하며 묵뢰에 힘을 실었다.

풍월의 전신에서 무시무시한 힘이 사방으로 뻗어나갔다.

검우령과는 성격이 전혀 다른 패도적인 힘이 주변을 완벽하게 굴복시키며 검우령을 압박하기 시작했다.

풍월의 실력을 누구보다 잘 알고 있는 황천룡과 유연청은 풍월이 제대로 실력 발휘를 하려 한다는 것을 느끼고 슬그머니 뒤로 물러났다. 충분한 거리를 확보하고 있음에도 부족하다 느낀 것이다.

황천룡과 유연청의 움직임을 본 염호가 재빨리 그들을 따라 이동하자 강와와 매혼루의 살수들 또한 황급히 뒤로 물러났다. 그들의 움직임을 심상치 않게 여긴 군웅들도 저마다 눈치를 보며 슬금슬금 뒤로 물러났다.

군웅들이 어느 정도 안전거리를 확보했을 때 이를 기다렸다는 듯 검우령의 입에서 힘찬 기합성이 터져 나왔다.

기합성과 함께 검우령이 손에 든 검을 뻗었다.

검이 움직였다 느껴지는 순간, 이미 풍월의 눈앞에는 백광으로 빛나는 강기가 짓쳐들었다.

풍월이 즉시 묵뢰를 휘둘렀다.

꽝!

풍월의 가슴을 노리며 짓쳐들던 강기가 묵뢰와 부딪치곤 힘없이 튕겨져 나갔다.

하지만 그것이 끝이 아니었다. 연이어 두 개, 세 개의 강기가 밀려들었다.

풍월은 침착히 묵뢰를 휘두르며 검우령이 날린 강기를 모조리 분쇄했다.

그때, 검우령의 검에 변화가 왔다.

빠르고 날카롭기만 했던 검의 움직임이 한없이 느려지고 부드러워졌다.

그것이 오히려 더 빠르고 날카롭게 느껴졌다.

강과 유가 조화를 이루고 빠름과 느림이 한데 뒤섞이며 서로의 약점을 보완했다.

그 과정에서 뿜어지는 공격 하나하나엔 그야말로 태산이라도 쓸어버릴 것 같은 위력이 담겨져 있었다.

꽝!

굉음과 함께 풍월이 주춤거리며 몇 걸음 밀려났다.

씨익 웃은 풍월이 전력으로 천마대공을 운기하며 묵뢰를 휘둘렀다.

한데 묵뢰의 궤적이 바뀌었다.

지금껏 사용한 풍뢰도법이 아니라 천마무적도를 사용하기 시작한 것이다. 물론 풍뢰도법으로도 충분히 상대할 자신이 있었다. 묵천심공이 아니라 천마대공을 바탕으로 하는 풍뢰도법은 그 위력 면에서 차원이 다르다.

하지만 풍월은 실로 놀라운 실력을 보여준 검우령에게 한 사람의 무인으로써 최선을 다해 주는 것이 나름의 예의라 생각했다.

풍월은 즉시 천마섬을 펼쳤다.

한줄기 빛이 강기를 중첩해서 날리고 있는 검우령을 향해 쏘아갔다.

중첩된 강기와 천마섬의 힘이 정면으로 충돌하는 순간, 풍월은 깜짝 놀랐다.

좌우에서 느닷없이 나타난 검이 자신을 공격하는 것이 아닌가!

너무도 눈부시고 투명하여 마치 하늘에서 내리는 성스러운 빛을 보는 것 같은 검이었다.

검왕현신(劍王現身).

검존 남궁백이 남긴 제왕무적검의 절초였으나 풍월은 물론이고 그 누구도 검우령이 사용하는 무공을 알아보지 못했다.

풍월은 좌우에서 밀려드는 검에 꽤나 위협을 느끼곤 천마탄강을 극성으로 펼치며 몸을 보호하고 묵뢰를 휘둘렀다.

천마무적도 제사초식, 천마염과 오초식, 천마탄이 거의 동시에 펼쳐졌다.

꽈꽈꽈꽝!

천지가 개벽하는 굉음과 함께 기세를 올리며 풍월을 공격하던 검우령의 신형이 크게 흔들리며 뒤로 쭉 밀려났다. 그에 반해 풍월은 고작 세 걸음을 물러났을 뿐이다.

검을 바닥에 꽂아 중심을 잡은 검우령이 재차 공격을 하려는 찰나, 풍월의 몸이 이미 허공을 가르고 있었다.

우우우우웅!

검우령은 물론이고 주변 모두의 가슴을 진탕시키는 웅장한 도명이 울려 퍼지며 천지사방의 모든 기운이 묵뢰로 모이는 듯한 느낌을 주었다.

묵뢰에서 뿜어져 나온 힘이 검우령이 마지막 한 줌의 내력까지 쥐어짜서 발출한 강기와 충돌했다.

쿠쿠쿠쿠쿵!

두 기운이 충돌한 지점을 중심으로 거대한 충격파가 휘몰아치기 시작했다.

땅이 뒤집어지고 모든 사물이 흔적도 없이 사라졌다.

흙먼지가 하늘 높을 줄 모르고 치솟았다.

충분히 안전거리를 확보했다고 여기던 자들이 기겁하며 물러났으나 그중 내력이 약한 자들은 결국 전해지는 힘을 감당하지 못하고 외마디 비명을 지르며 피를 토했다.

잠시 후, 사방 이십여 장을 완전히 초토화시킨 충격파가 사라지고 안개처럼 온 세상을 어둠에 잠기게 만들었던 먼지들이 조금씩 가라앉으며 모두가 궁금해 하는 싸움의 결과가 드러났다.

검우령은 산산조각 난 검의 손잡이만 겨우 잡은 채 땅바닥에 나뒹굴고 있었고, 묵뢰를 가볍게 늘어뜨린 풍월이 그런 검우령을 가만히 내려다보고 있었다.

"으으으으."

검우령이 고통스러운 신음을 내뱉으며 상체를 세웠다. 그러고는 허탈한 표정으로 물었다.

"대… 체 뭐냐, 아까 그건?"

"천마무적도의……."

"아니, 방금 펼쳤… 던 도법 말고. 몸에서 나온, 그 이상한 무공. 단순히 호신강기라고 하기엔 말도 안 돼… 웩!"

말을 이어가던 검우령이 검붉은 피를 한참이나 토해냈다.

"천마탄강이요."

"천마… 탄강? 내 살다 그런 말도 안 되는 무공은……."

검우령은 차마 말을 잇지 못했다.

분명히 보았다.

자신이 펼친 회심의 공격이 풍월의 옆구리를 파고드는 것을.

한데 말도 안 되는 일이 벌어졌다.

공격이 무력화되는 것은 물론이거니와 감당하기 힘든 힘이 역으로 치고 들어왔다.

오장육부가 흔들리고 기혈이 뒤틀렸다. 그 순간, 이미 승부는 끝나 버렸다. 마지막은 말 그대로 발악에 불과한 것이었다.

"천마… 탄강……."

힘없이 중얼거리던 검우령이 그 말을 끝으로 그대로 의식을 잃고 쓰러졌다.

*　　　　*　　　　*

　정신을 잃고 쓰러진 형웅이 의식을 회복한 것은 싸움이 끝난 후, 만 하루가 지난 후였다.

　강와의 지극한 보살핌 덕분인지 아니면 화영표국에서 거금을 들여 초빙한 의원의 실력 덕분인지 형웅은 생각보다 빨리 부상을 회복하기 시작했다.

　형웅이 의식을 잃고 있는 내내 자리를 지키던 풍월은 형웅이 정신을 차린 후에야 비로소 가족들과 즐거운 해후를 했다.

　삼 년 전, 천마동부에서 풍월이 실종된 후 목숨을 잃은 것으로 알고 있던 가족들은 풍월의 모습을 보며 눈물을 참지 못했다. 특히 서문세가를 떠나 이곳 항주, 추룡무관에 정착을 한 할머니의 오열에 많은 이들이 눈물을 흘렸다.

　가족들과 즐거운 시간을 보내던 풍월이 형웅을 다시 찾은 것은 그가 의식을 회복한 지 정확히 사흘이 지난 후였다.

　"얼굴 잊어먹겠습니다."

　형웅이 문을 열고 들어서는 풍월을 향해 툴툴거렸다.

　"치료에 전념하라고 그런 거다."

"그렇다고 사흘 내내 한 번을 찾아오지 않습니까?"

"소식은 다 듣고 있었다. 그런데 침 맞는다면서 벌써 끝난 거냐?"

풍월이 멀쩡히 옷을 입고 있는 형웅을 살피며 물었다.

형웅이 입술을 삐죽거리자 강와가 웃으며 말했다.

"조금 전에 끝났습니다."

"의원은 뭐랍니까?"

"정양만 잘하면 큰 문제는 없을 것이라 합니다. 그동안 많은 무림인들의 부상을 봐왔지만 이렇게 회복력이 빠른 병자는 처음 봤다고 놀라더군요."

"잘됐네요. 확실히 상처도 거의 아문 것 같고."

풍월이 형웅의 팔뚝에 지렁이가 지나간 것처럼 징그러운 모습으로 난 상처들을 가리키며 말했다. 그의 말대로 피딱지가 내려앉은 것이 금방 회복할 것 같았다.

"참, 그 작자, 떠났다면서요."

형웅이 강와가 건네는 탕약을 마신 후 오만상을 쓰며 물었다.

"누구? 아, 개천회의 무상?"

"예."

"수하 놈에게 겨우 업혀서 떠났다고 하더라. 당연할 거야. 어지간해선 회복하기 힘든 몸으로 만들어놨으니까."

풍월이 남의 일처럼 얘기하자 형응이 어이없는 얼굴로 물었다.

"형님도 못 봤어요?"

"못 봤다. 너 만나러 올 시간도 없었는데 그를 찾아갔을 것 같냐?"

"그럼 한 번도 안 만났다는 말이네요."

"아니, 막 깨어났을 때 잠깐. 나하고 거래한 것이 있으니까. 아, 너는 모르나?"

"추혼전주에게 얘기는 들었습니다. 천마동부에서 사로잡은 포로를 가둬놓은 곳이 있다고요."

"그래, 침옥이라고 하더라."

"어디라고 그래요?"

형응이 조금은 긴장된 음성으로 물었다. 덩달아 강와의 표정도 심각해졌다.

"무이산(武夷山)이라고 했다."

"무이산이요?"

형응이 되물으며 강와를 돌아보았다.

"복건과 강서성의 경계에 있는 산이자 거대한 산맥입니다. 봉우리만 서른여섯에 이르며……."

풍월이 강와의 말을 자르고 들어왔다.

"맞아. 그 서른여섯 봉우리 어딘가에 침옥이 있다고 하더라."

"정확한 위치는 안 가르쳐 주고요?"

"안 가르쳐 줬다. 고생 좀 하라는 의미겠지. 어차피 함정을 파고 기다릴 거 가르쳐 줘도 큰 문제는 없을 텐데 말이야."

풍월이 형웅 앞에 놓인 당과 하나를 집어 들며 코웃음을 쳤다.

"가시렵니까?"

형웅이 조심스레 물었다.

"어디? 침옥?"

"네."

"오라는데 가야지. 거기에서부터 단서를 찾아볼 생각이다. 너도 알다시피 우리가 개천회 놈들에게 갚아야 할 빚이 많잖아."

생각보다는 너무도 태연스러운 대답에 형웅과 강와가 오히려 당황하는 모습이었다.

"함정인 걸 알면서요?"

"어쩔 수 없잖아. 사람들이 잡혀 있는 것을 알게 되었는데. 그래도 너무 걱정하지 마라. 지금 당장 갈 생각은 없으니까."

"그럼 언제 간다는 건데요?"

"천천히. 갇혀 있는 사람들한테는 미안하지만 버틴 김에 조금 더 버티길 빌어봐야지. 함정인 줄 뻔히 알면서 서둘러 갈 필요는 없잖아. 일단 함정을 파고 기다리고 있을 놈들 진부터 조금 빼놓고 시작할 생각이다."

풍월의 말에 조금은 안심을 한 강와가 입을 열었다.

"다른 사람들에게 도움을 청해야 하지 않겠습니까?"

"도움요?"

"당시 실종된 문파의 사람들에게 침옥의 존재를 알리면 당장 달려올 겁니다."

"그건 불가능합니다."

"예?"

강와가 고개를 갸웃거렸다.

"그 무상이란 위인이 침옥의 위치를 알려주면서 이런 말을 하더군요. 제가 아닌 다른 이들이 침옥을 향해 움직이면 그만한 대가가 있을 것이라고요."

"대가라면……."

"침옥을 폐쇄하거나 그곳에 가두고 있던 사람들을 모조리 죽이겠다는 말을 돌려서 한 것이지요."

풍월이 형웅에게 고개를 돌렸다.

"그러니까 최소한의 인원으로 움직여야 한다. 어때, 나와 같이 갈래?"

"당연히 가야지요. 형님 말대로 놈들에게 갚아줘야 할 빚이 아주 많습니다."

형웅이 이를 부득 갈았다.

"쯧쯧, 그런데 문제는 네 실력이다. 명색이 매혼루의 루주이 자 밤의 황제라는 혈우야괴까지 꺾은 녀석이 그렇게 맞고 다 녀서야. 천마동부에서 확인했듯이 개천회엔 알려지지 않은 고 수들이 드글드글하다. 그 정도 실력으론 어림없어."

"저도 압니다. 놈들이 얼마나 강하고 제가 얼마나 많이 부 족한지. 솔직히 혈우 노괴를 꺾은 것도 운이 좋았던 겁니다. 아마 전성기 때 만났다면 제 목이 날아갔을걸요."

형웅이 풀이 죽은 얼굴로 씁쓸히 고개를 숙이자 묘한 웃음 을 지으며 바라보던 풍월이 품에서 책자 하나를 꺼냈다.

"옛다."

풍월이 툭 던진 책자가 날아오자 형웅이 얼떨결에 받았 다.

"이게 뭡니까?"

형웅이 책자를 살펴볼 생각도 하지 않고 물었다.

"선물."

"선물이요?"

"그래, 오직 너를 위한 선물이다. 흐흐, 구양 형님이 알면 꽤 나 서운해하겠지만 어쩔 수 없지."

형웅은 오직 자신만을 위한 선물이란 말에 뭐라 표현할 수 없는 기이한 흥분감을 느끼며 찬찬히 책자를 살폈다.

책자는 무척 두꺼웠다. 그리고 꽤나 낡았다.

"쯧쯧, 조심히 보관한다고 했는데 그사이에 더 망가졌네. 빨리 다른 곳에 베껴 쓰던지 아니면 암기를 하든지 해라. 행여나 글자라도 없어지면 난 책임 못 진다."

풍월의 장난스러운 충고에 형웅은 대꾸도 하지 않았다.

그저 책자의 표지에 적힌 제목만 뚫어져라 바라보고 있었다.

풍월의 말대로 너무 낡아 금방이라도 부서질 것 같은 표지였지만 제목만큼은 그래도 충분히 알아볼 수 있었다.

살황지로(殺皇之路).

정확히 어떤 책자인지 내용도 알지 못하고 단순히 제목만 확인을 했을 뿐인데도 가슴이 뛰었다.

머리끝에서 발끝까지 짜릿한 뭔가가 훑고 지나갔다.

전신의 솜털이 곤두서고 닭살까지 돋았다.

문득 삼 년 전, 풍월이 어디에서 실종이 된 것인지가 떠올랐다. 강와를 통해 천마의 무공까지 얻었다는 것도 기억이 났다.

"이, 이거 천마의 무공입니까?"

형웅이 떨리는 음성으로 물었다.

"지랄한다!"

풍월이 어처구니없는 표정을 지으며 형웅의 뒤통수를 후려치려다 멈칫했다. 대신 볼을 꽉 꼬집으며 말했다.

"바보냐? 딱 제목 보며 몰라?"

"그게……."

형웅이 풍월의 손을 피하면서 고개를 갸웃거릴 때 책자의 제목에 고정된 강와의 눈은 더 이상 커질 수 없을 정도로 커진 상태였다.

"그렇지. 이런 반응이어야지."

형웅을 재차 노려본 풍월이 강와를 향해 의미심장한 미소를 지었다.

"그래도 추혼전주님은 알아보는군요."

"제, 제가 새, 생각하고 있는 것이 맞는 것입니까?"

강와가 전신을 마구 떨며 물었다.

"맞을 겁니다."

풍월이 고개를 끄덕이자 강와가 외마디 탄성을 내뱉으며 그대로 주저앉았다.

"뭔데 그래?"

지금껏 이렇게 동요하는 강와를 본 적이 없던 형웅이 살짝 짜증 섞인 목소리로 물었지만 강와는 아무런 대꾸도 하지 못했다. 그저 멍한 눈빛으로 형웅의 손에 들린 책자를 바라볼

뿐이었다.

제목을 몇 번이고 되뇌어 보았지만 풍월이나 강와의 반응을 이해하지 못하고 막 책장을 넘길 때였다.

한줄기 섬전이 뇌리를 스치고 지나갔다.

형웅의 손이 그대로 멈췄다.

"병신같이!"

형웅의 입에서 자책 섞인 외침이 터져 나왔다.

"이제 알았냐?"

풍월의 물음에 형웅이 미친 듯이 고개를 끄덕였다.

"당연하지요. 명색이 살수로서 어찌 살황마존을 모를까요!"

목소리를 높이는 것으로도 부족해 온몸을 떨어대는 형웅의 반응은 조금 전 강와와 다르지 않았다.

입안에서 당과를 열심히 굴리고 있던 풍월이 피식 웃으며 말했다.

"몰랐잖아. 지금까지."

제60장

봉문(封門)

"접니다."

문밖에서 들려오는 음성에 위지허와 담소를 나누고 있던 사마용이 큰 소리로 외쳤다.

"들어오너라."

문이 열리며 딱딱하게 굳은 얼굴의 사마조가 힘없이 안으로 들어섰다.

어딘지 모르게 들떠 있는 사마용과는 달리 위지허는 사마조의 표정에서 뭔가 심상치 않은 일이 벌어졌음을 직감했다.

"이른 아침부터 어쩐 일이냐? 아, 그보다 알고 있느냐? 이 할애비가 마침내 제왕무적검의 오의를 완벽하게 깨달았구나. 놀라운 것은 검존의 무공이 팔대마존보다 다소 부족하다 여겼는데 결코 그렇지 않다는 것이야. 특히 강맹함과 부드러움의 완벽한 조화는 그 어떤 무공도 따라오기 힘들 정도였다."

"감축드립니다."

사마조가 공손히 허리를 숙였다. 한데 목소리가 영 어두웠다. 그제야 사마조의 표정을 자세히 살핀 사마용이 의아한 얼굴로 물었다.

"무슨 일이냐? 무슨 일이기에 그리 어두운 표정을 하는 것이야?"

"그것이……."

사마조가 차마 말을 꺼내지 못하자 그가 방에 들어설 때부터 뭔가를 짐작하고 있던 위지허가 착 가라앉은 음성으로 물었다.

"일이 뜻대로 안 풀리는 모양이구나. 맞지?"

"예."

사마조가 힘없이 대답했다.

"어느 정도나 피해를 당한 것이냐?"

"피해라니? 대체 무슨……."

깜짝 놀라 묻던 사마용은 위지허의 고갯짓에 의해 입을 다물었다.

"사신각이 몰살을 당했으며 무상과 합류하기 위해 이동하던 동검단 제일대 역시 당했습니다."

"무상은? 설마 부딪친 것은 아니겠지. 노부가 절대로 부딪쳐선 안 된다고 당부하라 했다."

위지허가 매서운 눈빛으로 물었다.

"……"

사마조가 고개를 떨군 채 아무런 말도 하지 못하자 위지허는 최악의 상황이 발생했다는 것을 알 수 있었다.

"당한 것이냐?"

위지허가 주먹을 꽉 쥐며 물었다.

"예."

"얼마나? 설마 목숨을……"

위지허도 차마 묻기가 두려웠는지 말끝을 흐렸다.

"다행히 목숨엔 이상이 없다고 하지만……"

"하지… 만?"

"회복하기 힘들 정도로 큰 부상을 당했다고 합니다."

기어들어 가는 사마조의 음성에 위지허가 두 눈을 질끈 감았다.

"우령이, 무상이 당했다는 것이냐?"

사마용이 더 이상 참지 못하고 물었다.

사마조가 머뭇거리자 곧바로 호통이 터져 나왔다.

"제대로 말하지 못할까!"

"진정하게."

위지허가 벌떡 일어나는 사마용의 팔을 잡았다.

사마조는 위지허가 사마용을 달래는 사이 애써 마음을 가라앉히고 그가 항주에서 계획했던 일을 하나씩 설명하기 시작했다.

사마조의 말이 이어질수록 사마용의 얼굴엔 온갖 표정이 나타났다 사라졌다.

특히 풍월의 가족을 인질로 잡아 천마의 무공을 얻으려 했다는 설명엔 극도의 실망을 보였다.

하지만 검우령이 검존의 제왕무적검을 사용하고도 풍월에게 패했다는 말을 들었을 땐 지금까지의 모든 감정 변화가 순식간에 사라졌다.

"우령의 성취가 어느 정도였지?"

사마용이 위지허에게 물었다.

"십성 정도였지."

"제왕무적검이 십성에 이르렀는데 반탄강기를 뚫지 못했다? 기가 막히는군. 과연 천마의 무공이라는 건가."

사마조에 대한 실망감과 분노는 어느새 사라진 지 오래, 연신 감탄성을 터뜨리는 사마용의 눈빛은 풍월, 아니, 천마의 무공에 대한 호승심으로 활활 타오르고 있었다.

*　　　　　*　　　　　*

형웅이 부상에서 완전히 회복된 후, 풍월은 가족들과 아쉬운 작별을 고하고 화영표국을 떠났다.

가족들이 지난번과 같은 위험에 빠지지 않는다는 보장이 없기에 그냥 항주에 남아 있어야 하는 것은 아닌지 꽤나 고민을 했으나 무림의 상황이 너무 좋지 않았다.

당장 개천회가 함정을 파고 기다리고 있는 침옥은 자신의 책임도 분명히 있기에 반드시 해결해야 하는 곳이었다.

북해빙궁과 연일 치열한 싸움을 벌이고 있는 의형 구양봉도 걱정이 되었고, 패천마궁의 문제도 완전히 외면할 수는 없었다.

반역을 하고 마련인가 뭔가 하는 곳을 만든 작자들이야 그러거나 말거나 상관없지만, 독고유와 군사 순후와의 관계는 또 그게 아니었다.

자신을 돕다가 수많은 비난을 받고 결국 봉문을 하고만 제갈세가도 찾아봐야 했다.

개천회가 개입한 것이 확실한 녹림의 문제도 걸렸다.

봉황채를 떠나 풍월을 따라올 때 유연청은 녹림십팔채를 다시 찾으려는 마음은 없다고 분명히 선을 그었다. 하나 녹림이나 개천회에 대한 말이 나올 때마다 슬쩍슬쩍 드러나는 그녀의 적의를 감안했을 때 복수심까지 버린 것은 아닌 듯 보였다.

그래도 결심은 쉽지 않았다.

개천회에서 가족을 노린 사건은 풍월에겐 그만큼 큰 충격이었다.

며칠 동안 홀로 고민하던 풍월의 모습에 외숙 하일군은 장부라면 자고로 큰물에서 놀아야 한다며 가족들은 걱정하지 말고 하고 싶은 일을 마음껏 하라고 등을 떠밀었다. 외사촌 형제들이 합세하고 마냥 어리게만 보았던 사촌 동생까지 한 팔 거들고 나섰다.

뒤늦게 풍월의 고민을 알게 된 형웅은 어차피 갈 곳도 없는 살수들과 강와를 항주에 잔류시켜 가족들을 보호하겠다고 말했다.

가족들의 지지, 그리고 형웅의 결단에 힘입어 마침내 결심을 한 풍월은 형웅과 유연청, 황천룡과 함께 화영표국을 떠났다.

처음 항주를 떠났을 때 일행은 무이산으로 방향을 잡았다.

항주를 떠난 직후, 누군가 자신들을 감시한다는 것을 느낀 풍월이 적을 속이려 한 것이었는데 감시의 눈길을 따돌리자마자 일행은 제갈세가가 있는 파양호로 향했다.

마치 여행을 하듯 터무니없이 느긋하게 이동을 한 풍월 일행은 항주를 떠나 거의 이십여 일이 지난 후에야 비로소 파양호를 눈앞에 두게 되었다.

"크크크!"

파양호가 한눈에 보이는 등봉루에서 풍경을 즐기던 풍월이 느닷없이 웃음을 터뜨리자 일행의 시선이 그에게 집중되었다.

"뭔데? 재미있는 것이라도 본 거냐?"

황천룡이 고개를 빼며 물었다.

"저 배요."

풍월이 턱짓으로 파양호 위에 떠 있는 유람선을 가리켰다.

일행의 시선이 풍월이 가리키는 유람선으로 향했다.

딱히 특징도 없는, 그저 어디서나 흔히 볼 수 있는 유람선이었다.

"저 배가 왜요?"

미간을 찌푸리는 황천룡을 대신해 형응이 물었다.

"그냥, 유람선의 깃발을 보고 있자니까 갑자기 외숙의 말이 떠올라서."

"무슨 말씀을 하셨는데요. 아, 영웅이 되라고 하신 모양이 네요."

형웅이 깃발에 적힌 글귀를 확인하곤 소리쳤다.

"뭐, 비슷하다."

풍월은 입가에 웃음을 머금고 슬며시 말을 돌렸다.

'똥밭에 굴러도 저승보다야 이승이 나은 법이다. 그때처럼 영 웅 소리 듣는답시고 귀한 목숨 함부로 하지 마라.'

항주를 떠나올 때 외숙이 외사촌 형님들의 눈을 피해 조용 히 속삭인 말이다.

삼 년 전의 일로 인해 외숙이 얼마나 마음고생을 했는지 절로 느껴지는 말이었다. 그럼에도 불구하고 장부라면 자고 로 큰물에서 놀아야 한다며 목청을 높이던 것과는 전혀 달 랐던 외숙의 말과 표정을 떠올리자 다시금 웃음이 터져 나왔 다.

형웅이 재차 물어보려는 찰나, 주문한 음식과 술이 나왔다. 천하일품이라 소문난 것과는 달리 식탁을 가득 채운 온갖 요 리의 맛이 기대에 미치지는 못했으나 그래도 술맛은 대단했 다. 평소 술을 즐기기 않던 유연청까지 연신 술잔을 내밀 정도 였다.

풍월이 순식간에 빨개진 유연청의 볼을 보고 놀릴 때, 점소이의 안내를 받으며 걸어온 세 명의 사내가 바로 옆 식탁을 차지하고 앉았다.

자리에 앉기가 무섭게 술과 안주를 시킨 사내들은 여전히 강남무림을 휩쓸고 있는 제이차 정마대전을 화제로 대화를 시작했다.

"또 졌다면서?"

덩치가 가장 큰 사내가 가슴에 검을 품고 있는 사내에게 물었다.

"지긴 졌지만 그래도 예전처럼 박살 난 것은 아니야. 마련 놈들도 제법 피해를 본 모양이니까."

"어쨌거나 깨진 건 깨진 거지. 영천에게 들으니까 건물 하나 없이 완전히 잿더미로 변했다고 하던데."

덩치 큰 사내가 음식보다 술병을 반갑게 맞이하는 사내, 영천을 툭 치며 말했다.

"어, 직접 본 거야?"

검을 품고 있는 사내, 강극이 깜짝 놀라 물었다.

"황호문(黃虎門)? 봤지. 우리 표행이 그곳을 지났으니까. 혹시 몰라 조금 돌기는 했지만 잿더미로 변한 것은 한눈에 알 수 있었지."

영천이 술을 따르며 고개를 끄덕였다.

"그럼 뭐야? 황호문 사람들은 모조리 몰살을 당한 거야?"

강극이 목소리를 높이며 재차 물었다.

"그건 아닌 것 같던데. 듣자니까 절체절명의 순간에 나타난 정의맹의 무인들이 포위된 무인들과 황호문의 식솔들은 무사히 빼돌린 모양이더라고. 내 말이 맞지?"

덩친 큰 사내가 영천에게 술잔을 내밀며 물었다.

"석담 말이 맞아. 나도 그렇게 들었어. 자, 쓸데없는 소리는 그만하고 술이나 마셔."

석담과 강극의 잔을 채워준 영천이 잔을 들었다.

"뭐가 쓸데없는 소리야? 잘못하면 강남무림이 마련 놈들에게 완전히 먹히게 생겼는데."

강극이 술잔을 부딪치며 핀잔을 주었다.

"완전히 먹히진 않을걸. 마련의 공세에 정무련이 몰락하다시피 하긴 했지만 정의맹의 기세가 보통이 아니야. 게다가 이런 소문이 있더라고."

"소문? 어떤 소문?"

강극이 재빨리 물었다.

석담의 말에 강극은 물론이고 영천까지 솔깃해하는 모습이었다.

괜스레 주변으로 시선을 한 바퀴 돌린 석담이 두 사람에게 다가오라는 신호를 주며 속삭이듯 말했다.

"제갈세가가 봉문을 깬다는 소문이 있어."

"제갈세가?!"

강극이 놀라 소리치자 석담이 인상을 찡그리며 말했다.

"목소리는 좀 낮추고."

석담이 주의를 주었지만 강극은 전혀 개의치 않았다.

"정말 제갈세가가 봉문을 깬단 말이야? 제갈세가가?"

강극의 목소리가 어찌나 큰지 삼층에 있던 대부분의 사람들이 한 번쯤 그들에게 고개를 돌릴 정도였다.

"젠장, 좀 조용히!"

강극에게 짜증을 낸 석담이 영천이 따라준 술을 단숨에 들이켜곤 말했다.

"정확한 건 아냐. 어쨌거나 그런 소문이 돌고는 있어."

"소문만은 아닐걸. 이미 봉문을 깨고 움직이고 있다는 말도 있으니까."

영천의 말에 석담과 강극의 눈이 동그래졌다.

"그건 또 무슨……."

강극의 목소리가 다시금 커지자 그의 입을 틀어막은 석담이 그를 대신해 물었다.

"제갈세가가 벌써 봉문을 깼다고?"

"정확한 건 아냐. 나도 대표두님한테 들은 얘기니까. 이번에 황호문을 공격한 마련 놈들 있잖아."

"그놈들이 왜?"

강극이 석담의 손을 뿌리치며 물었다.

"제대로 된 전력으로 공격한 게 아니었어."

"그건 또 뭔 개소리야? 황호문을 지원하기 위해 온 정무련까지 박살이 났는데. 정의맹이 아니었다면 모조리 몰살을 당할 뻔했다니까."

"닥치고 들어봐."

영천이 말을 끊는 강극에게 눈을 부라리며 말을 이었다.

"황호문이 꽤나 중요한 곳에 위치했잖아. 연합을 하고 있는 정무련과 정의맹이 많은 병력을 보낸 이유도 그런 것이고. 당연히 마련에서도 훨씬 더 강력한 전력으로 공격을 하려 했던 모양이야. 한데 지원을 하기로 했던 이들이 도착하지 못했다고 하더라고. 아니, 단순히 도착을 하지 못한 게 아니라 오작령(烏鵲嶺) 인근에서 아예 떼 몰살을 당했다지, 아마."

"그들을 막은 것이 제갈세가다?"

석담이 물었다.

"그렇다고 생각하는 것 같아. 몰살당한 마련 놈들의 수가 거의 육칠십에 이른다고 하더라고. 게다가 큰 싸움도 없이 거의 일방적으로 당했다고 했어. 인근에서 지금 그런 힘을 지닌 곳이 제갈세가 말고 또 누가 있어?"

영천의 반문에 석담과 강극은 수긍한다는 듯 크게 고개를 끄덕였다.

"제갈세가가 봉문을 풀고 나선다면 정무련도 조금은 숨통이 트일걸. 사실 제갈세가만 건재했더라도 저리 쉽게 몰락하지는 않았을 테니까."

"정무련이라고 하기 보다는 남궁세가라는 것이 맞겠지. 연합을 하는 형태라지만 정무련에 속한 대다수의 문파와 세가들이 정의맹으로 넘어갔잖아."

석담의 말이 끝나기도 전에 강극이 식탁을 거칠게 내려쳤다.

"제길, 난 형산파가 정무련에서 이탈해 정의맹 쪽으로 붙을 줄은 꿈에도 몰랐어! 더러운 배신자들!"

강극이 분노한 얼굴로 술잔을 들자 석담이 깜짝 놀란 얼굴로 물었다.

"형산파가 정의맹 쪽으로 이탈했어?"

"이탈까진 아니고 정의맹과 좀 더 가깝게 소통을 한다고 해야 하나. 병력의 움직임도 그렇고."

영천이 강극을 힐끗 살피며 말하자 강극이 분노에 찬 목소리로 말했다.

"그게 이탈이 아니고 뭐야. 형산파가 어떻게 정무련을, 남궁세가를 버릴 수가 있냐고!"

"이놈은 남궁세가의 검법 조금 배웠다고 아주 남궁세가와 관련된 말만 나오면 난리야."

석담이 쏘아붙이자 강극이 불같이 화를 냈다.

"뭔 개소리야!"

"어휴."

영천은 더 이상 말을 섞기 싫다는 듯 고개를 돌리곤 연신 술만 들이켰다.

"개판이네."

황천룡이 옆에서 들려오는 말다툼 소리에 인상을 찌푸렸다.

"친하니까 저럴 수 있는 거지요."

피식 웃은 풍월이 술잔을 든 채 뭔가를 골똘히 생각하고 있는 형응을 향해 말했다.

"또 생각하냐?"

"아!"

"너무 매몰되지 말라고 했잖아. 그래봤자 오히려 더 안 풀려."

"죄송합니다. 생각을 하지 않으려 해도 자꾸만……"

형응이 뒤통수를 긁으며 민망한 웃음을 흘렸다.

"팔대마존 중 서열 일 위에 오른 인물의 무공이다. 쉽지 않아. 그러니까 너무 조급해하지 마라."

"예."

"대답만 하지 말고 행동으로 옮겨라."

핀잔을 준 풍월이 형웅을 향해 술잔을 내밀자 같이 잔을 부딪쳐 온 황천룡이 아직도 싸우고 있는 사내들을 가리키며 말했다.

"저 친구들이 얘기하는 게 제갈세가가 아니라 우리 아니냐?"

"맞을 겁니다."

풍월이 미소를 지으며 고개를 끄덕이자 혼자 상념에 빠져 있느라 사내들의 얘기를 듣지 못한 형웅이 나직이 물었다.

"무슨 얘긴데요?"

"얼마 전에 마련 놈들 만났잖아."

"아! 오작령에서 만났던 그 흑사문인가 뭔가 하는 놈들이요?"

"그래."

"그런데요?"

"저들은 그걸 제갈세가가 한 줄 안다고. 저들뿐만 아니라 소문이 그렇게 난 모양이다."

"아! 난 또 뭐라고."

생각보다 시시했는지 이내 관심을 거둔 형웅은 딴짓을 하느라 미처 먹지 못한 음식에 집중했다.

"그래도 그 소문은 사실 같아요."

유연청이 여전히 볼이 빨개진 채로 입을 열었다.

"뭐가?"

풍월이 그녀의 입가에 묻은 얼룩을 슬쩍 닦으며 물었다.

"그, 그게… 그러니까……."

단순히 볼이 아니라 귀밑까지 새빨개진 유연청이 말을 더듬자 풍월이 혀를 찼다.

"쯧쯧, 고작 그거 마시고 취했냐?"

"아, 아니요. 안 취했어요."

유연청이 당황하여 고개를 저었다.

"아닌데 왜 그렇게 말을 더듬어? 아무튼 말해봐. 소문이 사실 같다는 게 뭔 말이야."

풍월을 째려본 유연청이 살짝 한숨을 내쉬며 말했다.

"제갈세가가 봉문을 깬다는 소문이요. 단순히 소문 같지가 않다고요."

*　　　　*　　　　*

풍월 일행은 해질 무렵 제갈세가에 도착했다.

제갈세가 정문 앞에 선 이들은 너무도 평온한 모습에 조금은 당황을 했다.

"봉문을 했다더니만 아닌가?"

풍월이 활짝 열린 정문과 정문 사이를 바삐 오가는 사람들을 바라보며 고개를 갸웃거렸다.

"그러게요. 봉문을 푼다는 소문이 사실인 것 같은데요."

형응이 맞장구를 쳤다.

"설마 봉문이란 게 완전히 문 걸어 잠그고 콕 처박혀 있는 건 줄 안 거냐?"

황천룡이 어이가 없다는 얼굴로 물었다.

"아… 닌가요?"

"당연히 아니지. 그냥 대외적으로 활동을 하지 않음을 천명하는 것뿐이지 생활이 크게 변하는 건 없다. 물론 저렇듯 정문을 활짝 열어 놓는 것도 조금은 이례적이긴 하지만."

"그래도 자신감은 대단하네요. 요즘 같은 상황에 저렇듯 정문을 활짝 열고 있는 것을 보면요."

유연청의 말에 풍월이 정문 앞을 지키고 있는 사내들을 가리키며 웃었다.

"지금 저 친구들을 무시하는 거야?"

"무시가 아니라 사실이 그렇잖아요. 마련이 호시탐탐 노리고 있을 텐데요."

"아니, 노린다고 해도 어림없을걸. 내가 일전에 제갈세가를 방문해 봐서 아는데 용담호혈이 따로 없어. 어설프게 공격했다간 모조리 염라대왕 앞으로 직행하게 될 거다."

유연청이 그다지 믿기지 않는다는 표정을 짓자 풍월이 그녀의 팔을 잡아끌며 말했다.

"안 믿기지? 가자고. 가보면 알게 될 거야. 내 말이 맞는지 틀리는지."

풍월이 앞서 걷자 유연청이 못 이기는 척 따라 걸었다.

풍월 일행이 정문으로 다가오자 그렇잖아도 그들을 유심히 지켜보던 사내들이 잔뜩 긴장을 했다.

"그렇게 경계할 것 없습니다. 우린 적이 아닙니다."

풍월이 미소 띤 얼굴로 말했지만 사내들은 경계심을 풀지 않았다.

"무슨 일로 오셨는지 여쭤도 되겠습니까?"

"가주님을 뵈러 왔습니다."

순간, 활짝 웃는 풍월과는 대조적으로 사내들의 얼굴은 딱딱히 굳어졌다.

"차린 것은 없지만 많이 들게나."

제갈중이 미안해하며 말을 했지만 풍월 일행 앞에는 상다리가 휘다 못해 부러질 정도로 음식이 가득히 차려져 있었다.

"차린 게 없다니요. 제 평생 이런 진수성찬은 처음입니다."

"진수성찬은 무슨. 자, 술부터 한 잔 받게나."

제갈중이 술병을 들자 풍월이 기다렸다는 듯 잔을 내밀었다.

"일전에 구양 형님과 와서 마셨던 술이군요."

풍월이 코를 벌름거리며 말했다.

"맞네. 기억하고 있었나?"

"그럼요. 삼 년 동안 홀로 지내면서 다른 건 그다지 기억이 나지 않았는데 이 술맛은 꽤나 그리웠습니다."

단숨에 잔을 비운 풍월이 입안에 퍼지는 알싸한 향기를 음미하며 환한 웃음을 지었다.

"크으! 바로 이거지요."

"허허! 술은 얼마든지 있으니 마음껏 마시게나."

"감사합니다."

"사람들은 자네가 죽었다고 말을 했지만 난 틀림없이 돌아올 것이라 믿고 있었지."

"하하! 그러셨습니까? 어찌 그리 확신을 하셨답니까?"

풍월이 단숨에 잔을 비우며 웃었다.

"내 비록 큰 재주라고 할 수는 없으나 관상을 조금 볼 줄 알거든. 다른 건 몰라도 결코 단명할 상이 아니었네. 그래도 삼 년이란 시간은 너무 길었어. 내 확신이 흔들릴 정도로."

"어쩔 수 없었습니다. 제가 삼 년을 보낸 곳이 빠져나오기가 보통 힘든 곳이 아니라서요."

"천마… 의?"

제갈중이 의미심장한 눈빛으로 물었다.

"예."

"아! 자네가 화산에서 활약한 소문을 듣고 예상은 했지만 역시 그랬군. 이런 경우를 두고 전화위복(轉禍爲福)이라고 하는 거겠지. 자세한 얘기를 해주겠나?"

조심스레 부탁하는 제갈중의 눈동자가 선물을 기다리는 어린아이의 눈처럼 초롱초롱 빛났다.

"가주님 말씀대로 전화위복이 맞는 것 같습니다. 아무튼 적들을 피해 천마동부로 다시 들어갔을 때부터 설명을 드리면 되겠군요."

풍월은 제갈중과 술잔을 주거니 받거니 하며 천마동부에서 벌어진 당가의 배반과 그로 인해 도화원에 이르러 천마의 유해를 만나는 일련의 과정을 빠르게 설명했다.

제갈중은 당가, 특히 당령의 악행을 들으면서 가주의 체면도 잊고 쌍욕을 뱉어 사람들을 놀라게 했다. 하지만 풍월이 도화원에 도착하고 지금껏 세상에 알려지지 않은 비밀을 알게 되었을 때 그의 입에선 그저 탄식과 탄성만이 터져 나올 뿐이었다.

"…당가가 화산파를 돕고 있다는 말을 듣고 바로 이동을 했습니다. 뭐, 아시다시피 화산에 도움을 좀 주었지요."

"당령, 그 계집아이는 어찌 되었나? 자네가 화산파를 도왔다는 얘기만 들리지 당가와 당령에 대해선 따로 전해진 이야기가 없었네."

"지독한 계집이었습니다. 제 잘못이 드러나고 목숨이 위태롭게 되자 대놓고 혈루비와 염왕사를 꺼내어 협박을 하더군요."

"혀, 혈루비? 염왕사라고?"

제갈중이 기겁한 얼굴로 되물었다.

"예, 자신을 무사히 보내주지 않으면 그걸 사용하겠다고 하더군요. 결국 사용했고 많은 사람들이 죽었습니다."

지금 생각해도 분노가 치미는지 풍월의 눈에 순간적으로 살기가 맴돌았다.

"그 계집은?"

"절벽으로 떨어졌는데 시신을 확인하지 못했습니다."

"살았다는 말이군."

"그럴 가능성이 높습니다."

"참으로 지독한 계집이 아닌가! 보물에 눈이 멀었다지만 어찌 그런 짓을!"

제갈중이 크게 탄식하고 풍월도 씁쓸한 얼굴로 술잔을 들이켰다.

무거운 분위기 속에서 몇 잔의 술이 더 돌았다.

"참, 제갈세가는 어찌 된 겁니까? 봉문을 하셨다는 말을 듣고 정말 놀랐습니다."

풍월이 물음에 제갈중이 착잡한 미소를 지었다.

"상황이 그리 되었네. 솔직히 군웅들의 죽음에 미안한 마음도 있었고. 어쨌거나 우리 때문에 천마동부를 찾았으니까."

"자신들의 선택이었습니다."

책임을 느끼는 제갈중과는 달리 천마도와 천마총을 향한 군웅들의 욕심을 알고 있던 풍월은 다소 냉정하게 말했다.

"그래도 개천회의 음모에 넘어간 것은 사실 아닌가. 하지만 자네 말대로 그건 그들의 선택. 맞아, 도의적으로 미안한 마음은 있어도 봉문까지 생각할 정도는 아니었지."

"한데 어째서… 아, 개천회와 공모를 했다는 누명을 썼다는 말은 들었습니다."

"맞네. 그게 결정적이었어. 그런 누명을 쓰다 보니 참을 수가 있어야 말이지. 그렇잖아도 개천회엔 갚아줘야 할 빚도 많은데 말이야. 해서 봉문을 결심했네. 어둠 속에 숨어 있는 개천회를 찾기 위해 본가도 일단 몸을 숨길 수밖에 없었으니까."

"아!"

제갈세가가 봉문을 한 진정한 이유를 확인한 풍월의 입에서 탄성이 터져 나왔다.

"봉문을 선언하고 대외적으론 일체의 움직임을 보이진 않았네. 하지만 본가는 전력을 다해 은밀히 놈들을 쫓기 시작했지."

"찾으셨나요?"

젓가락을 부지런히 놀리면서도 귀를 기울이고 있던 유연청이 더 이상 참지 못하고 물었다.

"찾지 못했네."

제갈중이 고개를 젓자 유연청의 얼굴에 실망의 기운이 살짝 드러났다 사라졌다.

"그래도 몇 가지 실마리는 찾았네."

"실마리요?"

풍월이 제갈중의 빈 잔에 술을 따르며 물었다.

"그렇다네. 첫째는 패천마궁에서 벌어진 반역에 개천회가 깊숙이 관여했다는 것."

"역시 그렇군요. 천마동부 앞에서 패천마궁에 숨어 있던 개천회의 간자들로 인해 큰 낭패를 당한 것이 기억나네요. 궁주님이나 순후 군사가 그렇게 쉽게 당할 분들이 아닌데 얘기를 들어보니 정말 속수무책으로 당했더라고요. 패천마궁 전력의 핵심이라는 사귀대까지 배반을 했다는 것엔 정말 소름이 끼쳤습니다. 분명 누군가, 혹은 어떤 세력이 오랫동안 준비를 했다는 느낌을 받았습니다. 그럴 만한 곳은 개천회뿐이지요."

"정확하네."

"혹 마련의 수뇌들이 개천회의 주구 아닙니까?"

풍월이 조심스레 물었다.

실로 경악할 말이었다.

당금 천하에 가장 강력한 힘을 지닌 곳은 누가 뭐라 해도 마련이다.

패천마궁에서 갈라진 것이기에 과거 패천마궁만큼은 아니더라도 북해빙궁과 환사도문의 침략으로 사분오열된 정무련이나, 근래 들어 무섭게 세력을 키우고 있다고는 하나 아직은 강남 무림에서 그 존재감을 드러내고 있는 정의맹은 마련의 힘에 비할 바가 아니었다.

그런 마련이 개천회의 주구라면 지난 날, 천마동부에서 보여준 개천회의 힘을 감안했을 때 사실상 개천회의 힘을 감당할 방법은 없다고 해도 과언이 아닌 것이다.

"그건 모르겠네. 아니길 바랄 뿐이지. 하지만 풍천뇌가 개천회와 연관이 있다는 것은 확실하네. 마련에 침투해 있는 본가의 간자가 개천회 놈들과 주고받는 서신은 물론이고 만나는 장면까지 몇 차례 확인했네."

제갈중의 표정이 살짝 어두워졌다. 결국 간자의 정체가 들통이 나 목숨을 잃었기 때문이다.

"그리고 무엇보다 결정적인 증거는 풍천뇌가가 뇌정마존의 무공을 얻었다는 것이네."

"뇌정마존의 무공이요?"

풍월이 놀라 물었다.

"그렇다네. 기억하나? 당시 뇌정마존의 무공은 아무도 찾지 못했네."

"기억합니다. 서로 눈에 불을 켜고 감시를 했으니 몰래 습득하는 것도 불가능했을 겁니다. 그런데 풍천뇌가가 뇌정마존의 무공을 얻었다면……."

"개천회에서 제공했다고밖에 생각할 수 없네."

"예, 틀림없습니다. 개천회가 팔대마존과 우내오존의 무공을 확보하고 사용하는 것을 경험했으니까요. 답답하네요. 개천회가 팔대마존과 우내오존의 무공을 얼마나 확보했는지 모르겠습니다."

풍월이 한숨을 내쉬었다.

"돌아가는 상황을 보니 거의 대부분을 얻었다고 봐야겠지. 그나마 하나는 빠졌으니 다행이군."

제갈중이 구석에서 조용히 술잔을 기울이고 있는 형응을

바라보며 웃었다.

자신을 등에 업고 악전고투를 펼치다 결국 개천회의 포위망을 뚫어낸 생명의 은인, 형응을 바라보는 제갈중의 눈빛은 따뜻하기 그지없었다.

"물론 천마의 무공이 자네에게 이어진 것이야말로 하늘이 도운 것이겠지만."

"그렇긴 한데 익히기가 워낙 지랄 맞아서요. 근래 들어 다시 성과가 있기는 하지만……."

풍월은 천마가 남긴 무공의 난해함에 고개를 절레절레 흔들었다.

"그런데 녹림의 일에도 개천회가 관여했다는 것은 몰랐군. 살짝 의심을 하기는 했지만 거기까지 확인할 만한 여력이 없었네."

제갈중이 유연청의 눈치를 슬쩍 보며 변명하듯 말했다.

"아무래도 은밀히 움직이려다 보니 버거워. 아, 그리고 얼마 전에 묘한 정보가 들어왔네. 하오문을 통해 우연찮게 접한 정보인데 무이산 어딘가에 정체를 알 수 없는 자들이 숨어 있다는 것이야. 그것도 상당한 규모의."

무이산이라는 말에 풍월은 물론이고 모두가 깜짝 놀라 서로의 얼굴을 바라보았다.

하지만 제갈중은 그들의 반응을 미처 눈치채지 못했다.

"아직 확인을 하지는 못했지만 녹림이 아니라는 것은 틀림없네. 개방에 도움을 요청해서 정보를 수집하고 있으니 곧 놈들의 정체를……."

풍월이 제갈중의 말을 끊고 들어왔다.

"침옥입니다."

"침… 옥? 그게 뭔가?"

제갈중이 어리둥절한 얼굴로 물었다.

"개천회와 연관이 된 곳입니다. 천문동에서 실종된 사람들이 그곳에 갇혀 있다고 하더군요."

"맙소사!"

제갈중이 비명을 내지르며 머리를 감싸 쥐었다.

"다, 다들 살아 있다는 말인가?"

제갈중의 목소리가 마구 떨렸다.

천문동에서 실종된 사람들 중에는 제갈세가의 인원도 꽤 되기에 평정심을 유지할 수가 없었다.

"상당수가 생존해 있다고 했습니다."

"자, 자네가 대체 그걸 어찌 안 건가?"

"개천회의 무상이라는 자에게 들었습니다."

풍월은 항주에서 벌어진 일을 짧게 설명했다.

제갈중은 개천회가 풍월의 식솔을 인질로 하여 천마의 무공을 노렸다는 사실에 치를 떨면서도 한편으로 그로 인해 침옥의 존재가 밝혀진 것에 대해 감사했다.

"가려는가?"

"예."

"함정인 걸 알면서도?"

"그래도 가야지요."

"음."

짧은 신음을 내뱉은 제갈중이 잠시 생각을 정리하곤 고개를 저었다.

"지금 당장은 아닌 것 같군. 놈들이 함정을 파고 있음을 뻔히 알면서도 그곳으로 간다는 건 어리석은 짓이야."

"……"

"침옥에 갇혀 고생… 하는 사람들을 생각하면 당장에라도 달려가 그들을 구해야겠지만, 놈들의 계략에 휘둘려선 안 된다고 생각하네. 시간이 갈수록 초조해지는 것은 놈들일세. 버티다 보면 분명 틈이 생길 것이네."

풍월은 제갈세가의 식솔들이 사로잡혀 있음에도 감정에 휘둘리지 않고 냉정함을 유지하는 제갈중의 모습에 깊은 인상을 받았다.

"본가에서 사람을 보내도록 하겠네. 틈이 생길 때까지 철저하게 놈들을 관찰하도록 하지. 아, 개방의 제자들은 철수시켜야겠군. 아무래도 실력 있는 제자들은 차출되는 바람에 이 일을 맡기기엔 적당하지가 않아. 아무튼 그리 알고 신중히 움직이도록 하게나."

"예, 그리하겠습니다."

"고맙네."

당장 침옥에 가겠다고 고집을 피우면 어쩌나 내심 걱정하던 제갈중은 풍월이 선선히 대답하자 환해진 얼굴로 술잔을 권했다.

"일전에 자네가 와서 내게 이런 말을 했지. 재미있는 일 하나 하자고. 기억하나?"

"예."

"이번엔 내가 비슷한 말을 해야 할 것 같군."

제갈중이 웃음기를 거두고 말을 이었다.

"자네, 나하고 재미있는 일 하나 해야겠네. 어쩌면 침옥으로 가서 포로들을 구하는 것보다 훨씬 더 위험하고 중요한 일일 수도 있어."

"무엇입니까?"

풍월이 착 가라앉은 목소리로 물었다.

"마련과 정무련의 싸움에 개입을 해줬으면 하네."

약간은 뜻밖의 말이었는지 풍월이 고개를 갸웃거렸다.

"마련과 개천회의 관계를 살펴보라는 말입니까?"

"아니, 살펴볼 쪽은 마련이 아니네."

제갈중이 천천히 술잔을 들었다. 그러고는 조용히 말했다.

"자네가 살펴볼 곳은 정의맹이네. 두 번째이자 가장 중요하다고 할 수 있는 실마리지."

『검선마도』 9권에 계속…

초대형 24시 만화방

신간 100%, 샤워실, 흡연실, 수면실(침대석), 커플석, 세탁기 완비

■ 광명 광명사거리역점 ■

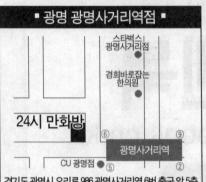

경기도 광명시 오리로 986 광명사거리역 6번 출구 앞 5층
02) 2625-9940 (솔목타워 5층)

■ 강북 노원역점 ■

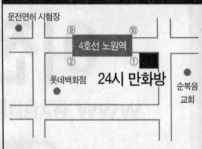

서울 노원구 상계동 340-6 노원역 1번 출구 앞 3층
02) 951-8324 (화용빌딩 3층)

■ 일산 정발산역점 ■

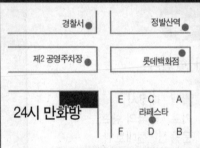

라페스타 E동 건너편 먹자골목 내 객잔건물 5층
031) 914-1957

■ 일산 화정역점 ■

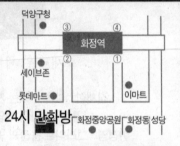

경기도 고양시 덕양구 화정동 984번지 서일빌딩 7층
031) 979-4874 (서일사우나 건물 7층)

■ 부천 역곡역점 ■

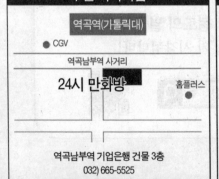

역곡남부역 기업은행 건물 3층
032) 665-5525

■ 부평역점 ■

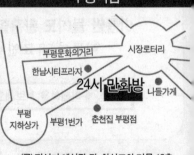

(구) 진선미 예식장 뒤 한신포차 건물 10층
032) 522-2871

재능 넘치는 게이머

덕우 장편소설

프로게이머가 된 지 약 반년 만에
세계 챔피언이 된 강민허.
그리고 이어지는 그의 돌발 선언.

"저, 강민허는 오늘부로 트라이얼 파이트 7
프로게이머에서 은퇴하겠습니다."

"로인 이스 온라인에서 다시 한번
세계 최고의 자리에 올라서겠습니다."

**프라이드 강, 강민허.
그의 새로운 도전이 시작된다!**

Book Publishing CHUNGEORAM

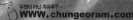
유행이 아닌 자유추구 -
WWW.chungeoram.com

MODERN FANTASTIC STORY

강준현 현대 판타지 소설

주무르면 다 고침!

희귀병을 고치는 마사지사가 있다?

트라우마를 겪은 후 내리막길을 걸어온 한두삼.
그는 모든 걸 포기하고 고향으로 향하게 된다.
그리고 그곳에서 특별한 능력을 얻게 되는데…….

"도대체 나한테 무슨 일이 생긴 거지?"

한두삼,
신비한 능력으로 인생이 뒤바뀌다!

Book Publishing CHUNGEORAM

유행이 아닌 자유추구 ~
WWW. chungeoram.com

기적의 환생

MIRACLE LIFE

박선우 장편소설

FUSION FANTASTIC STORY

"한 사람의 영웅은 국가를 발전시키기도,
타락시키기도 한다."

믿었던 가족들의 배신으로 모든 것을 잃은 최강철.
삶의 의미를 잃은 그는 결국 죽음을 선택하는데…….

삶의 끝자락에서 만난 악마 루시퍼!
그와의 거래로 기억을 가진 채 고등학생 시절로 되돌아간다.

다시 얻은 삶.
나는 이전의 비참했던 삶을 뒤로하고 황제가 되어
세상을 질주할 것이다!

Book Publishing CHUNGEORAM

FUSION FANTASTIC STORY

초인의 게임

니콜로 장편소설

지저 문명의 침략으로 멸망의 위기에 빠진 인류.
세계 최고의 초인 7명이 마침내 전쟁을 종식시켰으나
그들의 리더는 돌아오지 못했다.

그리고 17년 후.

"서문엽 씨!
기적적으로 생환하셨는데 기분이 어떠십니까?"
"…너희 때문에 X같다."

**죽어서 신화가 된 영웅.
서문엽이 귀환했다.**

Book Publishing CHUNGEORAM

유행이 아닌 자유추구 -
WWW.chungeoram.com